나쁜
친구

Big

ⓒ Mireille Geus 2005
Originally published by Lemniscaat b.v. Rotterdam 2005

No part of this book may be used or reproduced in any manner whatever
without written permission except in the case of brief quotations embodied
in critical articles or reviews.

Korean Translation Copyright 2009 by Chungeoram Junior
Korean edition is published by arrangement with Lemniscaat
through BC Agency, Seoul

이 책의 한국어 판 저작권은 BC 에이전시를 통한 저작권자와의 독점 계약으로 청어람주니어에 있습니다.
신저작권법에 의해 한국 내에서 보호를 받는 저작물이므로 무단전재와 복제를 금합니다.

이 도서의 국립중앙도서관 출판시도서목록(CIP)은 e-CIP 홈페이지(http://www.nl.go.kr/ecip)에서
이용하실 수 있습니다. (CIP제어번호: CIP2009000941)

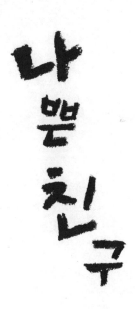

나쁜 친구

미레일러 회스 글 | 유혜자 옮김

청어람주니어
Chungeoram Junior

차례

프롤로그

프롤로그

오늘 편지 한 통을 받았다.

부엌으로 가져가 봉투를 뜯었다.

봉투 안에서 이런 편지가 나왔다.

보고 싶은 디지에게

요즘은 어떻게 지내?

여기 있는 사람들이 너를 최소한 1년 동안 귀찮게 하지 말라고 하더

라. 그래서 그렇게 했어.

사람들은 내가 1년이 지나도 여전히 같은 생각이라면 그때 네게 편지를 보내도 좋다고 했어.

그래서 이렇게 편지를 쓰는 거야.

내가 지난 1년간 계속 생각해 왔던 것은 너를 보게 되면 무척 반가울 거라는 거야.

나를 한번 찾아와 줄래? 그럼 너무너무 반가울 거야. 우린 피를 나눈 의자매잖아.

이렇게, 난 하고 싶은 말을 편지에 적었어.

네가 내게 답장을 써 줄지, 아니면 직접 찾아오는 선물을 안겨 줄지 궁금하다.

안녕, 빅.

편지를 다시 읽었다. 손이 부르르 떨렸다. 엄마가 커피 잔을 들고 내 옆을 지나다가 물었다.

"딸, 왜 그래?"

"빅이 편지를 보내왔어요."

엄마가 잔을 탁 내려놓고, 떨고 있는 내 손에서 편지를 빼앗아 읽고는 한숨을 길게 내쉬었다. 엄마가 아랫입술을 깨물었다.

"이건 대체 끝이 없는 거니?"

엄마가 물었다. 우린 둘 다 한숨을 길게 내쉬었다.

끔찍한 1년을 보냈다. 그리고 이제 그 끔찍했던 1년 동안 일어난 일들을 들려줄 거다.

처음부터. 사실은 처음 밖에 없는 이야기다.

그때 그 곳에서 일어났던 일들을 머릿속으로 백번은 더 떠올려봤다. 영화나 텔레비전 프로그램처럼. 그것을 이 책에도 그대로 옮겨 적으려고 한다. 마치 방금 전에 그 일이 일어나기라도 한 것처럼.

엄마가 편지를 한 번 더 읽었다.

"그래서?"

엄마가 물었다.

"이제 어떻게 할 거야?"

나는 어깨를 으쓱했다.

"나도 몰라요. 한번 잘 생각해 봐야지요."

나중에, 이 책이 끝날 무렵, 내가 어떻게 하기로 했는지 밝힐 생각이다.

하지만 지금은 아니다.

먼저 앞의 이야기를 해 줘야 하니까.

언젠가부터 한 여자애가 불쑥 나타나 건너편 길에 서 있었
다. 전봇대에 등을 기댄 채.

　금발의 고수머리에 뚱뚱한 애였다. 몸은 뚱뚱한데 머리가
기막히게 아름다웠다! 몸과 머리가 도무지 어울리지 않았다.

　그 애는 전봇대에 기대고서 노는 아이들을 구경하고 있었
다, 나처럼. 그 애가 나를 바라보기도 했다. 나도 가끔 그 애
를 흘깃 쳐다보았다. 그럼 그 애는 매번 내 시선을 피했다.

　이튿날 그 애가 다시 어제 그 자리에 서 있었다. 그 애가 애들

을 구경했다. 나도 구경했다. 우리는 그렇게 구경하며 서 있었다.

그때 로리가 샘과 렌에게 말했다.

"우리 '공받기' 놀이 하고 놀까?"

애들이 고개를 끄덕였다.

"누가 술래 할래?"

로리가 물었다. 키 크고, 깡마르고, 얼굴이 창백한 로리.

그 애가 전봇대 옆에 서 있는 뚱뚱한 여자애를 바라봤다. 여자애가 고개를 끄덕이더니 남자애들에게로 갔다. 난 멈칫했다. 술래가 되자마자 공이 그 애의 정강이를 정통으로 맞췄다. 그 애는 말없이 공을 주워 로리에게 던졌다. 로리가 화가 잔뜩 난 것처럼 공을 다시 그 애에게 힘껏 던졌다. 그 애는 아무렇지도 않은지 공을 다시 주워 로리에게 던졌다.

퍽!

이번에는 그 애가 공을 렌에게 던졌다. 렌이 그것을 받아 머뭇거리다 로리에게 넘겼다. 로리가 그것으로 그 애의 정강이를 정통으로 맞췄다. 그러자 그 애가 천천히 공을 다시 주워 들고 로리에게 다가가 공을 건넸다.

"내일 다시?"

그 애가 다정하게 물었다.

겁 없는 애였다.

로리가 가소롭다는 듯이 웃으며 말했다.

"좋아!"

그 애가 로리에게 등을 돌리고 돌아서자 로리는 손가락으로 이마를 툭툭 치며 렌과 샘을 보고 웃었다.

다음 날 똑같은 장소. 그 애가 왔고, 로리가 다시 그 애에게 공을 세게 던졌다.

보기 괴로울 정도였지만 그렇다고 눈길을 떼지도 못한 채 나는 어쩔 수 없이 계속 봤다.

둘째 날 로리에게 공을 되돌려준 다음 그 애는 전봇대 옆에 늘 서 있던 자리로 가지 않고 내 옆으로 와서 섰다.

나는 아무 말도 하지 않았다. 무슨 말을 하겠는가?

그 애가 내 곁에 한참 조용히 서 있었다. 그러더니 천천히 뒤로 돌아 빵집으로 들어갔다.

잠시 후, 그 애가 손에 크루아상 하나를 종이 봉지에 담아 들고 나왔다. 그 애는 그것을 게걸스럽게 먹었고, 난 그 애가 쩝쩝대는 소리를 들었다.

다 먹은 다음 그 애는 다시 빵집으로 갔다. 그리고 다시 돌아오더니 크루아상을 또 먹기 시작했다. 먹다가 봉지에서 크루아상을 하나 더 꺼내 내게 줬다. 나는 그것을 받아먹었다. 아직 따뜻했다. 우리는 같이 빵만 먹고 말은 안 했다.

다음 날 그 애는 빵집 앞 전봇대 옆에 서 있었다. 난 깜짝 놀랐다. 그곳은 내 자리였다. 그 애가 내 자리에 서 있었다. 그러나 내가 나타나자 그 애가 옆으로 한 발짝 자리를 옮기고, 당연하다는 듯이 내게 크루아상을 건넸다.

우리는 로리, 렌, 샘이 노는 것을 똑바로 바라보기만 할 뿐 아무것도 안 했다.

애들은 숨바꼭질 놀이를 했다. 그런데 그 애들이 하는 숨바꼭질은 숨어 있는 사람을 찾는 것으로 끝나는 게 아니라 찾은 사람을 잡아야만 되는 놀이다. 애들은 그 놀이를 날마다 한다. 우리 동네에는 특별한 일이 별로 일어나지 않는다. 나는 날마다 그 애들이 노는 것을 구경했기 때문에 얼굴이 창백한 로리가 달리기는 아주 잘하지만 성격이 급해서 숨을 때는 잘 못한다는 것을 안다. 그 애는 대개 똑같은 장소로 가서 숨는다. 그것을 볼 때마다 나도 함께 놀면 참 좋겠다는 생각을 한다. 만약 그렇게 되면 로리를 금방 찾고 또 붙잡을 수도 있을 것 같다.

남자애들이 저희끼리 뭔가 쑥덕거렸다. 그러더니 로리가 내게로 천천히 걸어왔다. 로리는 나한테 분명히 다시 다정하게 말을 걸 거다. 로리가 내 앞에 섰다. 그 애가 얼마 전에 다른 아이들과 함께 놀려 댔던 내 구두를 흘깃 바라보고는 지나가는 말처럼 물었다.

"놀래?"

그 애의 목소리는 참 좋다. 어둡다.

"놀자고?"

내가 그 애의 목소리를 흉내내려고 하면서 되물었다.

"왜?"

"그럼 관둬."

로리가 말하고는 뒤로 돌아서 가 버렸다.

"좋아."

내가 외치면서 그 애에게 얼른 달려갔다.

그 애는 뒤도 돌아보지 않고, 다른 아이들에게 소리쳤다.

"디지가 술래!"

그 말을 듣자마자 아이들이 사방으로 흩어졌다. 그건 내가 미처 예상하지 못했다. 나는 항상 느리다. '뒤처짐'이라는 단어가 학교에서 보내 주는 내 보고서에 늘 등장하는 말이다.

나는 이리저리 돌아다니며 아이들을 찾았다. 로리는 늘 숨던 장소에 숨어 있지 않았다. 다른 아이들도 도무지 보이지 않았다. 15분쯤 지나도록 난 단 한 사람도 찾지 못했다.

아이들이 흔히 숨던 장소에는 다 가 보았다. 담 뒤, 기찻길 주변, 해골 모양의 그림 밑으로 '생명 위험' 표지판이 붙어 있는 화학 공장 울타리 근처까지.

"걔들, 다 도망갔어."

누군가 내 뒤에서 말했다.

뒤로 돌아섰다.

그 여자애였다. 그 애의 고수머리가 찰랑댔다.

"아!"

내가 말했다. 나는 할 말이 없을 때 자주 그렇게 말한다.

"일부러 그런 거야. 미리 그렇게 하자고 자기들끼리 짠 거지. 그렇게 하고 너 혼자 허탕 치게 한 거야."

그 애가 재미있는 거라도 발견했다는 듯이 천천히 말했다.

"아!"

머리가 텅 빈 것 같고, 눈앞에 별이 반짝거렸다.

세상이 약간 흔들렸다.

내게는 그런 일이 자주 있어서 아이들이 나를 디지라고 부른다. 현기증이라는 뜻이다. 난 눈이 부셔 눈을 찡그렸다.

"나도 그 애들 싫어."

그 애가 말했다.

내가 그 애를 바라봤다.

그 애가 '생명 위험'이라고 쓰인 표지판에 등을 기댄 채 서 있었다.

나는 그 애에게로 갔다.

그 애의 이가 참 예뻤다. 새하얬다.

"나, 그 애들하고 학교 같이 다녀. 반도 같아."

그 애가 말했다.

내가 고개를 끄덕였다. 그럴 거라고 생각했다. 우리 학교

에 다니지 않으니까 그 애들이 다니는 학교에 다니고 있을
거라고. 우리 동네에는 학교가 두 개 있다.

"저 애들 항상 저래?"

그 애가 물었다.

"뭐가?"

"너한테 못되게 구냐고."

그 사이 그 애가 나와 눈을 자꾸 마주치려고 했지만 내가
매번 그 애의 시선을 피했다. 난 그 애의 머리 위를 바라봤다.
그렇지만 내가 고개를 끄덕이는 것을 그 애가 봤다.

"너, 나랑 잠깐 우리 집에 갈래?"

그 애가 묻고는 내 팔을 잡았다.

"나 목이 너무 말라."

그 애가 눈을 찡긋했다.

나는 고개를 끄덕였다.

"빅!"

그 애가 나랑 나란히 걸어가면서 말했다. 앞을 똑바로 바
라보면서.

나는 그 애가 무슨 말을 하는 건지 못 알아들었다.

"빅!"

그 애가 다시 말하고는 살이 오동통한 손으로 자기를 가리
켰다. 그제야 나는 말뜻을 이해했다.

"디지."

내가 말했다.

"원래는 리지인데, 애들이 그렇게 불러."

2

"리지? 리지!"

엄마가 큰 소리로 나를 불렀다.

나는 혼자 생각에 빠져 있다가 깜짝 놀라 다시 현실로 돌아왔다.

"우리 지금 가야 해. 안 그러면 너무 늦어."

엄마가 말했다.

나는 머리를 다시 빗었다, 급히. 늦으면 안 된다. 그것 아니라도 아주 안 좋은 상황이다.

"머리 참 예쁘다. 어서 가자."

엄마가 자동차 열쇠를 손에 쥔 채 내게 문을 열어 주고 기다렸다. 나는 한숨을 내쉬고 차에 올라탔다.

나는 일부러 아무 생각도 하지 않으려고 노력해야 한다. 그냥 앞만 바라보고, 눈에 들어오는 것들에만 신경을 집중해야 한다. 안 그러면 또 꿈에 빠져든다. 그럼 안 된다.

이제부터 나는 정신을 바짝 차리고, 모든 것을 잘 볼 거다. 그래야 집중할 수 있다. 끝.

우리는 시내를 가로질러서 갔다. 슈퍼마켓 뒤로 차들이 평소처럼 주차되어 있는 게 보였다.

교회 앞 광장에 할아버지 몇 분이 반원 모양으로 모여 서서 바닥을 내려다보고 있었다.

게이트볼 놀이를 하는 중이다.

도로가 거의 비어 있었다. 이 시각이면 대개 사람들이 집에 있거나 직장에 나가 있다. 술집 '구름'의 문도 아직 닫혀 있었다.

내가 늘 서 있던 자리와 빅이 사는 하얀 집 앞을 지나가야만 했지만 엄마는 일부러 다른 길로 돌아서 가는 길을 택했다. 사실 나를 위해서라면 굳이 그럴 필요가 없다. 지금은 빅이 집에 없다. 나처럼 그 애도 가는 중일 거다.

"어머나, 안돼!"

엄마가 낙담하며 말했다. 쓰레기차가 우리 앞에 나타났고, 미화원이 트럭에서 길로 펄쩍 뛰어내리는 게 보였다.

엄마가 경적을 울렸다.

미화원이 팔을 허공에 대고 흔들었다.

아무 말도 하지 말아야 된다고 나는 생각했다.

엄마가 손을 흔들며 인사하고는 창문을 내렸다.

"우리 좀 빨리 지나가면 안 될까요? 지금 무척 급한데."

엄마가 큰 소리로 말했다.

"당연히 되지요!"

미화원이 말했다.

그가 운전석으로 가서 동료에게 뭐라고 말하자 트럭이 인도에 좀 더 바짝 차를 붙였다.

엄마가 조심스럽게 차를 몰고 그 옆을 지나갔다. 우리는 수염을 사흘 정도 기른 것처럼 보이는 미화원 옆을 지나갔다.

쓰레기차에서 나는 악취가 차 안으로 들어와 내 코를 훅

찔렀다.

신경 쓰지 말아야 한다고 생각했다. 마치 달나라에 서서 밑을 내려다보고 있는 것처럼 해야 한다고 내가 나에게 속으로 말했다.

"고마워요."

엄마가 미화원에게 말했다.

"별말씀을요."

미화원이 기분 좋게 말했다.

엄마가 창문을 올리고, 가속페달을 밟았다.

"일단 내가 혼자 들어가서 이야기를 하고 나올게."

"나도 알아요, 엄마."

엄마가 그럴 거라고 나한테 이미 여러 번 말해 줬다.

모든 것을 솔직하게 말해야 한다는 것. 나중에 조사받을 때는 나 혼자 들어가 있게 된다는 것. 내가 저지른 일이 아주 안 좋은 일이라는 것. 내가 왜 그렇게 했는지 그 사람들이 알고 싶어 한다는 것.

"우리가 한 거예요."

내가 엄마한테 자꾸만 다시 그렇게 말했다.

"우리 둘이 한 거라고요. 나 혼자라면 그런 짓 절대 하지 못했을 거예요."

"그건 나도 알아. 상담실 사람들은 네가 무엇을 했는지만 물어볼 거야. 빅이 무엇을 했는지는 너하고 아무 상관없어."

"조사실이에요. 조사실에서 '조사'를 할 거라고 더크 형사님이 전화로 말해 줬잖아요."

"그래."

엄마가 말하고는 아랫입술을 깨물었다. 엄마는 뭔가 할 말이 있는데 그 말을 어떻게 해야 할지 모를 때 늘 그렇게 입술을 깨문다.

어쨌든 내가 '조사'를 받기 전에 엄마가 형사와 먼저 이야기를 나누기로 했다.

나는 벌써 오래 전부터 내가 새롭게 만나게 될 사람을 엄마가 나보다 먼저 만나 나에 대해 속삭이는 데에 익숙하다. 그렇게 하고 나면 엄마와 만난 사람들은 마치 엄마가 아무 말도 해 주지 않은 것처럼 행동한다. 엄마에게서 아무 말도 듣지 못한 것처럼 구는 것이다. 그러나 대개는 엄마를 만나기 전보다 사람들이 나를 더 다정하게 대해 주기 때문에 나는 엄마가 그렇게 하는 것을 못 본 체한다.

"빅은 아빠하고 올 건가?"

정문으로 가면서 엄마가 내게 물었다.

"나도 몰라요."

나는 바짝 긴장되었고, 얼굴에 여드름도 나왔다. 심장이 두근거리는 것도 느껴졌다. 심장박동수가 빨라졌다. 쿵쾅쿵쾅!

우리는 출입구로 갔다. 엄마가 말했다.

"리지 베켈과 엄마예요. 더크 형사님한테 가려고요."

파란 정복을 입은 여자 경찰이 번호를 눌렀다. 그녀가 깔깔대고 웃었다.

"내가 이것을 조금만 움직이면 전화기에서 이상한 소리가 난단 말이야. 들리지?"

그녀가 수화기를 거칠게 흔들며 내게 말했다. 도대체 무슨 소리가 난다는 거지? 소리가 울리나? 왜 웃지? 난 이해가 되지 않았다. 그녀를 이해하지 못하는 것……. 내게 흔히 일어나는 일이다. 여자 경찰이 수화기를 내려놓고 말했다.

"잠깐만 기다리세요. 곧 나오실 거예요."

그러면서 그녀가 몸을 약간 앞으로 숙였다.

마늘과 담배가 뒤섞인 입 냄새가 났다. 그런 것에 신경을 쓰지 않으려고 애써 마음을 다잡았다. 그냥 그러려니 해야 된다고 생각했다. 끝.

"빅은 벌써 왔나요?"

내가 물었다.

"빅?"

경찰이 되물었다.

"애 친구는 왔느냐고요."

엄마가 그녀에게 말했다.

"아비가일이라는 애예요. 여자아이요. 애들이 항상 빅이라고 부르나 봐요. 그 애도 와야 하거든요. 우리랑 같은 시간에."

경찰이 방문자 명단을 훑어보았다.

"아직 안 왔네요."

그녀가 말했다.

더크 형사가 계단을 내려왔다. 그는 짧은 회색 머리에 안경을 쓰고 있었다. 절반쯤 걸어오다가 그가 큰 소리로 나를 불렀다.

"리지?"

목소리가 아주 좋았다. 어두웠다. 난 눈을 높이 들었다. 눈
에 보이는 것들이 모두 빙그르르 돌았다. 사방에 별이 보였
다. 엄마가 내 팔꿈치를 잡았다.

"딸, 가자."

엄마가 말했다.

3

그 애는 하얀색 큰 집에서 살았다. 나는 그 집에 사람이 안 사는 줄 알았다.

벌써 몇 년째 비어 있던 집이다. 가끔 여름이 되면 나이가 좀 더 많은 아이들이 그곳에서 파티를 하고, 수군대는 다른 짓거리들을 했다.

부엌은 거의 비어 있었다.

"너희들 여기로 이사 온 지 얼마 안됐니?"

"응."

빅이 말했다. 빅이 콜라 1리터를 벌써 다 마시고, 큰 소리를 내며 트림을 하고, 콜라병을 하나 더 꺼내 들었다.

그 애가 나를 흘깃 보며 물었다.

"너도 마실래?"

나는 타일바닥을 바라봤다.

"아니."

"잘됐다. 목이 너무너무 마르거든. 진짜로 목이 타서 죽을 것 같아. 우리 아빠는 내가 얌전한 딸이니 얌전한 말만 하는 게 좋겠다는 말을 날마다 해."

빅이 말했다.

"아."

"나도 가끔은 얌전해. 착하고, 친절하지. 하지만 오랫동안 그렇게 하지는 못해. 길게는 못 하겠어."

"아."

"집 구경시켜 줄까?"

내가 고개를 끄덕였다.

빅은 부엌을 나와 천장이 높고, 복도가 하얀 집을 앞장서서 가다가 층계를 올라갔다. 그 애는 몸이 뚱뚱한 것에 비해 몸놀림이 놀랄 만큼 가볍고, 유연했다. 2층에서 그 애가 오른

쪽으로 방향을 틀었다.

"욕실이야."

몇 발짝 안으로 들어가 슬쩍 들여다보았다. 하얀 타일, 하얀 욕조, 하얀 세면대, 하얀 변기. 바닥에는 아무렇게나 내팽개쳐 놓은 수건이 몇 장 있었다. 지린내와 고급 비누 냄새가 났다.

빅이 욕실 안으로 들어가 한숨을 내쉬며 수건을 들었다.

"아빠는 나한테 정리 정돈을 잘해야 한다고 날마다 잔소리해."

그 애가 수건을 걸었다.

"넌 취미가 뭐야, 디지?"

한참 생각했다. 난 취미가 없었다. 구경하기를 취미라고 해도 되나? 그리고 꿈꾸기도 있다. 구경하기와 꿈꾸기.

"밖에서 노는 것."

내가 얼버무리며 말했다.

"누구랑?"

그 애가 물었다.

난 입을 다물었다.

우리 학교에 다니는 애들 중에 우리 동네에 사는 애는 아무도 없다. 아이들 모두 아침이면 버스를 타고 오고, 오후에 다시 집으로 간다. 우리 동네에 사는 아이들 가운데 나랑 노는 애는 없다.

빅이 문을 열고 말했다.

"내 방이야."

침대만 하나 덜렁 놓여 있는 큼지막한 방이었다. 옷들이 모두 옷장에 가지런히 정돈되어 있었다. 침대는 아직 아무도 누워본 적 없는 것처럼 보였다.

빅이 넓은 문을 열고, 손동작을 크게 해 보였다.

"우리 아빠 방."

그 방에도 큰 침대가 하나 있었다. 침대 위에 옷이 놓여 있었다. 이불은 반쯤 바닥에 흘려내려 와 있었다. 내가 좀 더 보려고 하는데 빅이 문을 닫았다.

"나머지는 별로 재미없어."

빅이 말하고는 아래층으로 먼저 내려가 부엌으로 갔다.

빅이 두 병째 콜라병을 입을 대고 벌컥벌컥 들이켜더니 또 트림을 했다.

"나는 우리 학교에서 하는 연극에서 주인공이야. 이 학교
에 전학 온 지 일주일밖에 안됐는데 벌써 주인공이라니까.
난 연기하는 거 너무 좋아. 전에 있던 학교에서는 그런 거 못
해 봤어. 절대로 못 했지. 하지만 여기서는 금방 해. 내 생각
에는 여기 선생님들이 뭘 좀 아는 것 같아."

"잘됐네."

내가 말했다.

"그래서 그 애들이 나를 미워하는 거야."

그 애가 말하고는 턱으로 광장 쪽을 가리켰다.

"하지만 걔네들, 어차피 나한테는 어림없어."

"아."

내가 말했다.

빅은 말을 하다가 금방 다른 말로 잘도 바꿨다. 학교에서
는 한 가지에 대해 오랫동안 말한다. 처음에는 무엇인지 설
명해주고, 그런 다음 설명하고, 다시 설명하고, 그다음에 우
리는 거기에 관해 뭔가 써야 한다.

엄마도 되도록 항상 차분하게 말한다.

그렇지만 빅은 말이 빨랐다.

"하지만 난 그 애들 상관 안 해. 친하게 지내고 싶은 사람은 내가 직접 정하니까. 난 이사를 많이 다녀서 사방에 친구들이 많아."

그 애의 말이었다.

그 애가 거실로 갔다. 큰 그림 액자, 매끄러운 원목 바닥, 하얀 커튼, 큰 소파와 피아노가 전부였다.

빅이 피아노 앞에 앉아 연주를 시작했다. 그냥 아무거나 쉬운 것으로 연주하는 것 같았다. 어떤 곡의 초반부를 연주하고, 이어서 다른 곳의 초반부를 연주하더니 멜로디를 뒤섞어 하나의 곡이 되게 했다. 그 애의 통통한 팔과 손이 가벼워 보였다, 나비처럼. 그리고 그 음악은…….

'지나치게 예민함' 이라고 사람들은 나에 대해 말한다. 그러나 그 애의 연주가 좋다는 것, 대단하다는 것을 알기 위해 굳이 지나치게 예민할 필요가 없었다. 연주를 듣는데 내 몸에 닭살이 돋았다. 다른 사람이 그 자리에 있었어도 분명히 그럴 것 같다. 빅이 연주를 멈추고, 피아노 의자에서 내 쪽으로 몸을 돌려 앉았다.

"너 어디 학교 다녀?"

"트릭터."

내가 말했다.

"못 들어 봤어."

"특수학교야."

빅이 신음 소리를 냈다.

"바보들이 다니는 곳이네!"

"나 바보 아냐. 조금 다를 뿐이지."

내가 말했다. 엄마가 나한테 그렇게 대답하라고 연습시켜
서 내가 늘 하는 말이다. 내가 잘하는 과목도 있다는 것을 말
해 주고 싶었지만 빅이 먼저 말했다.

"나도 조금 달라. 그렇지만 난 보통 학교에 다녀."

"아."

내가 말했다. 그리고 그것은 뭔가 잘못된 거라고 생각했다.

빅이 무슨 생각을 하는지 먼 곳을 응시했다. 그 애가 갑자
기 슬퍼 보였다. 외로워 보이기도 했다.

"농담이야."

그 애가 말했다.

"너, 피아노 잘 친다."

내가 말했다.

"응. 난 말도 좋아해."

빅이 말했다.

"아."

그 애가 내 눈을 똑바로 쳐다보았다.

난 말이라면 죽을 것처럼 무서워한다. 말은 콧숨을 쉬느라 식식거리고, 머리를 내릴 거라고 내가 예상하고 있으면 어느 순간 갑자기 위로 확 올리거나 반대로 한다. 말 가까이에 서 있으면 말이 한 발 앞으로 가거나 뒤로 가서 나를 찰 것만 같아 무섭다. 다음 순간 말이 어떤 짓을 할지 도무지 예측할 수가 없다. 말은 조금만 놀랄 일이 있어도 화들짝 놀라며 기겁한다.

"디지, 너도 말 좋아해?"

최대한 빨리 생각해보았다. 지금이 중요하다, 지금 대답을 잘해야 한다. 안 그러면 이 애가 나를 비웃을 거다.

하지만 내 머릿속은 텅 비어 있었다.

"난, 말 무지 싫어해."

빅이 깔깔대고 웃었다.

"그것 참 좋다. 넌 뭔가를 아주 싫어하거나, 아주 좋아하거나 둘 중에 하나구나? 내가 뭘 싫어하는지 알아?"

눈을 가느다랗게 뜬 빅의 얼굴이 고집스러워 보였다.

"사람들이 나를 아비가일이라고 부르는 것. 원래 내 이름이 그거야. 우리 아빠도 나를 그렇게 부르지."

그 애가 화난 얼굴로 하얀 벽을 바라보며 말을 이었다.

"하지만 난 그게 너무너무 싫어."

나는 갑자기 입이 말랐다.

"나도 마실 것 좀 줄래?"

우리는 부엌으로 다시 갔다. 빅이 병에 남아 있던 것을 잔에 따라줬다. 콜라가 한 모금 나왔다. 마셨다.

"이것 말고는 맛없는 거밖에 없어."

그 애가 말했다.

내가 이해하지 못하는 말이었다. 나는 그 애를 바라보고, 무슨 설명이라도 해주기를 기다렸다. 그 애가 수도꼭지를 틀자 그제야 이해됐다. 나는 지난 몇 시간 동안 아무것도 못 마신 사람처럼 물을 벌컥벌컥 마셨다.

"우리는 날마다 싸워, 아빠하고 나 말야."

빅이 말했다.

나는 싸워야 되는 상황을 참지 못한다. 그 애가 무슨 일 때문에 싸우는지 내게 설명하고, 그것에 대해 내 생각이 어떤지 물어볼 것만 같았다. 그렇게 해 봤자 두 사람이 싸움을 덜 하는 것도 아니라서 그런 말 하는 게 싫었다.

"우리 동네 사람들은 시내에서 오는 남자애들을 싫어해."

내가 얼른 말했다.

빅이 고음으로 까르르 웃었다.

"왜?"

"술을 마시고 우리 동네에 와서 아무나 보고 시비를 걸어서."

빅이 다시 웃었다.

이것은 웃을 일이 아니다. 부엌이 빙그르르 돌았다. 모든 것이 돌 때는 뭔가에 시선을 고정해야 한다. 그런 다음 다시 멈출 때까지 기다리고, 움직이지 말아야 한다.

난 심호흡을 했다.

"걔들은 오줌도 아무 데나 싸고, 막 싸우려고 해. 아무나 걸리면 이유도 없이 때려."

"이제, 우리 뭐하지?"

빅이 갑자기 물었다.

"나도 몰라."

내가 말했다. 그러나 그 애가 나한테 질문을 해 줬다는 게 기뻤다. 할 수 있는 일이 아주 많을 것 같았다. 함께할 수 있는 일들이 무척 많을 것 같았다.

"내가 생각 좀 해 볼게."

빅이 말하고는 생각에 잠겨 있다가 병에 조금 남아 있던 것마저 마시려고 병 입구에 혀를 집어넣었다.

잠시 후 빅이 빙그레 웃었다.

"우리 달걀 찾아서 구멍을 내고 불어 볼까?"

그 애가 빈 병을 물에 헹궈 다른 것들을 모아 놓은 재활용 통에 갖다 놓았다.

"아니면 공원에 나가 불을 피울까? 아니면 개미굴을 찾아 망가뜨려 줄까?"

내가 눈을 동그랗게 떴다.

"농담이야."

그 애가 말했다.

나도 안도의 숨을 내쉬며 웃었다.

그 애가 내 어깨를 두드리며 말했다.

"너 정말 다른 애들하고 다르구나. 앞으로 재미있겠다."

4

"리지?"

사람들은 대부분 잘 못한다.

　기다리는 것.

　나는 잘한다.

　슈퍼에서도 난 사람들이 제일 많이 서 있는 줄에 가서 선다.

　거기서는 얼마 전부터 계산대에서 일하고 있는 여직원을
관찰할 수 있다. 그 직원은 일을 잘하려고 하지만 아직은 서
툴다. 예를 들어 과일을 담은 봉지에 붙어 있는 바코드는 기

계에 잘 찍히지 않는다. 그럴 때는 그것을 떼어내 읽힌 다음
다시 붙여 줘야 한다.

그런데 그 직원은 그곳에서 일한 지 얼마 안되어 그것을
잘 모른다.

난 줄을 서 있는 사람들 중에 내 바로 앞에 있는 사람의 냄새
를 코로 맡는다. 가끔은 좋은 냄새가 나지만, 대개는 쉰 냄새
나 땀 냄새가 난다.

다른 사람들이 어떤 물건을 샀는지 수레를 들여다보기도
한다. 그러다가 가끔 그 안에 앉아 있는 애를 보고 미소를 지
을 때도 있다.

"리지? 리지!"

난 버스 정류장에 가서 서 있는 것도 좋아한다. 타지도 않을
버스를 기다리다가 버스가 올 때쯤 일어나서 간다.

가끔 병원에서도 그렇게 한다. 오후에 자전거를 타고 가서
병원으로 들어가 대기실에서 기다린다. 잡지를 손에 들고,

콧노래를 작게 부르며 다른 사람들을 구경한다. 그리고 그들이 그곳에 왜 왔는지 상상해 본다. 어떤 사람은 나중에 의사 앞에 가서 할 말을 머릿속으로 연습하고 있는 것처럼 보인다. 엄마는 나한테 종종 이렇게 말한다.

"딸, 넌 좀 더 적극적으로 살아야 해. 다른 사람들이 어떻게 하는지 구경만 하지 말고."

난 그게 말이 안된다고 생각한다. 구경을 잘하는 것도 적극적으로 사는 거다.

늦잠을 자면 할머니가 몹시 싫어하는 것도 마찬가지다. 할머니는 낮 시간이 아깝다며 내게 뭐라고 한다. 그러나 꿈을 꿀 때 꿈에서도 무슨 일이 일어나니까 깨어 있는 거나 마찬가지다. 왜 그런 것들은 눈 뜨고 있을 때 하는 것보다 시시한 것으로 생각하는 걸까?

"리지!"

더크 형사가 내 앞에 서 있었다.

내가 눈을 들어 위를 바라봤다. 엄마가 형사 옆에 서 있었다.

"이야기 끝냈어."

엄마가 말했다.

기다릴 때는 기다리는 것을 끝내야 하는 순간이 반드시 생긴다. 끝을 보는 거다.

병원 대기실에서 기다리다 보면 내 차례가 거의 되려고 하는 순간이 있다. 내 앞에 아무도 없고, 기다린 지 한참 되었을 때다. 그 시간은 내가 그만 일어나 가야할 시간이다.

치과에 가든, 내과에 가든, 대학병원에 가든 다 똑같다.

그런데 버스 정류장은 좀 다르다. 버스 노선이 하나만 있는 곳에서는 버스가 올 때쯤 일어나서 가야 한다. 그렇지만 여러 노선의 버스가 오는 곳이면 몇 시간이고 앉아 있어도 된다.

그럴 때는 끼니 때가 되거나 시간이 되어 집에 가기 전까지는 기다릴 수 있다. 그런데 슈퍼에서는 할 일이 뻔하다. 그곳에서는 뭔가 사러 가거나, 유효기간이 지난 쿠폰이라도 들고 있어야 한다. 순서가 되면 내 차례가 오니까.

"안으로 들어가자."

더크 형사가 말했다. 엄마는 나를 잠시 안아 주고, 볼에 급히 뽀뽀를 해 준 다음 말했다.

"난 지금 간다."

그런 다음 다시 조용히 말했다.

"지금부터는 꿈꾸지 마, 딸, 정신 똑바로 차려."

더크 형사가 문을 열었다. 엄마는 그곳을 상담실이라고 했었
다. 조사실이다. 끝.

그 안에 여형사 한 명이 컴퓨터 앞에 앉아 있었다.

그녀가 나를 보고 빙긋 웃었다.

"저기 가서 좀 앉아."

더크 형사가 말하고는 의자를 가리켰다.

"금방 다시 올게."

여형사가 손을 내밀고 말했다.

"덱스트라 형사야."

그런 다음 그녀가 재채기를 했다.

"디지예요, 그런데 리지라고 해도 돼요."

내가 말했다.

시계가 내 등 뒤쪽에 있었다. 작은 방에서 시계 돌아가는 소리가 들렸다. 난 주변을 살폈다. 어디로 가야 제일 빨리 밖으로 빠져나갈 수 있나? 그곳을 내가 알아 둬야 한다. 방에 문이 하나만 있고 창문도 없어서, 길은 아주 쉽고 간단하다. 비상구가 문이 되는 셈이다. 다만 어려운 점은 그 너머를 볼 수 없다는 거다. 난 정문이 어디에 있는지 모른다. 방금 전에 들어왔지만 어떻게 들어왔는지도 모른다. 방금 전에 꿈을 꾼 것 같다.

'이제부터는 정신을 바짝 차려야 해.'

나는 혼잣말을 했다.

벽이 원래 흰색인데 누렇게 변했다. 달이 틀린 달력과 아이가 그린 것 같은 그림이 비스듬하게 벽에 걸려 있었다. 상담실에는 책상이 빈틈없이 꽉 차 있었다. 서랍도 많고, 큰 회색 사무실용 책상이다. 그 뒤에 사무실용 갈색 의자가 있는데 등받이 위쪽이 부서져 살색 스펀지가 밖으로 삐져나와 있는 게 보였다.

책상에 컴퓨터, 전화기, 필기구가 있고, 공책도 있었다.

나는 물건이 어질러져 있는 것을 좋아한다. 정신없는 곳에 가면 마음이 더 편안하고, 좋다.

사람들은 모두 의아해한다. 그게 나하고 안 어울린다고 생각한다. "넌 정돈되고, 정확하고, 규칙적일 필요가 있어." 그러나 틀린 말이다. 그것은 검거나 흰 게 아니라 회색 같은 거다. 내 물건들이 정신이 하나도 없게 놓여 있는 것처럼 보이긴 해도 난 찾고 싶은 물건이 어디에 있는지 누구보다도 잘 안다. 그래서 어질러져 있는 게 더 좋다.

덱스트라 형사가 다시 재채기를 했다.

"미안! 내가 감기에 걸려서 그래."

그녀가 말했다.

나는 고개를 끄덕였다. 밖에 나가고 싶었다. 밖으로, 밖으로, 내가 제일 좋아하는 그곳으로.

더크 형사가 방에 들어와 자리에 앉았다.

내 등 뒤에서 시계 돌아가는 소리가 더 크게 나는 것같이 느껴졌다. 시간이 얼마나 되었는지 보려면 뒤를 돌아보기만

하면 된다. 하지만 난 그렇게 하고 싶지 않았다. 시계를 보고
싶지 않았다. 시계가 앞으로만 계속 가지 말고, 뒤로도 가면
좋겠다. 아무 일도 일어나지 않았던 그 시간으로.

5

보고서

이름.

과목.

수업 시간에 무엇을 했나요? 수업 시간에 다룬 내용은?

무엇을 했나요? 수업에 참여했나요? 발표를 했나요?

수업은 어땠나요? 의견은?

무엇을 배웠나요?

지금 저것을 써야 한다. 내일 다시 체육 시간이 있다. 그런데 나는 지난 시간에 무엇을 배웠는지 벌써 잊어버렸다. 체육 시간은 언제나 빨리 지나간다. 수업이 끝난 다음 강의실에 가면 체육관에서 방금 전에 무엇을 했는지도 기억이 안 난다.

미르나는 뚱뚱하다. 매주 체육 시간마다 난 그 애가 뚱뚱하다고 생각한다. 다른 날에는 그런 생각이 별로 안 든다. 나타샤는 운동할 때 항상 입을 벌리고 있다. 그러다 하얀 침을 조금 흘린다. 그럴 때 그 애 곁에 있으면 냄새가 난다. 쉰내. 그래서 난 그 애 곁에 절대 가지 않지만 타베아가 말해 줘서 아는 것이다.

타베아는 착하다. 느리고, 친절하다. 그 애는 돌체의 단짝 친구다. 돌체가 있는 곳에는 꼭 타베아가 있고, 그 반대도 똑같다. 돌체는 늘 큰 소리로 말한다. 말을 안 할 때도 시끄럽다. 문을 덜컥 열고, 쾅 소리 나게 닫고, 잠바를 벗어서 빙빙 돌리며 다니고, 책가방을 아무 데나 집어 던진다.

돌체가 곁에 없었다면 내가 타베아의 단짝 친구가 되어 교실에서 같이 앉았을 거다.

그런데 나는 미르나하고 짝꿍이다. 우리는 서로 말을 안 한다. 그 애 짝꿍이라는 것을 내가 자꾸 잊어버린다.

이름: 쓰기 싫다. 정말로 쓰기 싫다. 앞에 종이만 있으면 어지럽다. 교실이 왼쪽에서 오른쪽으로 빙빙 돈다. 그러면 가운데로 시선을 모아야 한다.

이름: 리지 베켈

과목: 체육

선생님이 오늘 배울 것을 내가 어려워할 것 같아서 일부러 나를 위해 준비했다고 했다. 선생님은 새로 오신 지 얼마 안 된다. 그래서 내 생각에는 이곳 규칙을 아직 잘 모를 것 같다. 학교가 내 학교생활을 좀 더 편하게 해주려고 하는 것 같다.

수업시간에 무엇을 했나요?

-우리는 술래 놀이를 했다. 작은 나무 막대로 잡는 놀이다. 술래가 다른 사람을 나무 막대로 건드려야 한다. 돌체가 술래가 되었다.

무엇을 했나요?

-도망갔다.

수업은 어땠나요?

-술래도 되기 싫고, 술래한테 잡히는 것도 싫었다.

무엇을 배웠나요?

-내가 붙잡힐 만큼 바보가 아니라는 것을 배웠다.

빅과 나는 내가 늘 가는 장소로 갔다.

그곳은 막다른 골목 끝에 있는 바짝 마른 개천 옆에 있는 작은 풀밭이다. 개천은 전에는 물이 흘렀겠지만 벌써 오래 전부터 말라 있다. 개를 데리고 산책을 나온 사람들이 근처에 자주 오기는 하는데 끝에 있는 풀밭까지, 내 풀밭까지 가지는 않는다.

사람들이 개를 마을 밖으로 데리고 나와 산책한다. 거기에서 개들은 줄을 풀고 마구 뛰어다닌다. 길에는 벤치도 있다. 1년에 두 번 동사무소에서 나와 대청소를 하고, 남는 쓰레기는 바람이나 비 혹은 동물들이 치운다.

빅이 풀 위에 철퍽 드러누웠다.

"다 젖어!"

내가 말했다.

"괜찮아. 나중에 다른 옷으로 갈아입으면 돼."

나도 그 애 옆에 드러누웠다. 젖은 풀이 내 등과 다리를 차갑게 하고, 옷이 몸에 착 달라붙었다.

우리는 하늘에 떠가는 구름을 올려다보았다.

"너도 이런 것 좋아해?"

내가 물었다.

"뭘?"

빅이 물었다.

"하늘 바라보는 것."

"음."

그 애가 노랫말에 구름이 나오는 노래를 불렀다. 나도 같이 불렀다.

그 노래를 부르는 가수는 노래를 끝낼 때 항상 고래고래 소리를 지르고, 신음 소리를 낸다. 이유는 나도 모른다. 빅이 그 흉내를 그대로 냈다.

우리는 깔깔대고 웃었다.

"이 노래를 내가 전에 무대에서 불렀어."

빅이 말했다.

"전에 다니던 학교에서."

"정말? 너 정말 용감하다."

내가 말했다.

"난 뭐든지 다 할 수 있어."

"뭐든지?"

"응, 뭐든지."

빅이 일어나 내게 손을 내밀어 나를 위로 잡아당겼다.

"그 말 못 믿겠어."

빅이 내 손을 탁 놓아서 난 뒤로 벌렁 넘어졌다.

"아얏!"

내가 비명을 지르고, 엉덩이와 등을 손으로 문질렀다.

"네 잘못이야."

빅이 말하고는 달아났다.

"너희 집으로 갈까? 나 네 방 좀 구경하고 싶다."

내가 얼른 달려가 옆에 나란히 걸어가자 빅이 말했다.

"다음에."

우리 집은 그 애의 집과 완전히 다르다. 난 넘어진 데가 아파서 계속 몸을 문질렀다.

"그럼 이제 뭐할 건데?"

"전봇대로 갈까?"

"가서 뭐하게?"

"구경."

그 애가 한숨을 쉬었다.

"구경. 넌 지겹지도 않냐? 있잖아, 우리 그냥 너희 집에 아
주 잠깐 들러서 뭘 좀 마시자. 그런 다음 전봇대로 갈 건지 그
때 가서 결정해."

빅이 말했다.

우리 집 앞에서 빅이 나를 붙잡고 물었다.

"엄마가 얌전한 애 좋아해, 아니면 명랑한 애 좋아해?"

"그게 무슨 말이야?"

"네 친구가 착하고, 얌전하게 구는 것을 엄마가 좋아하냐
구 아님, 그렇지 않냐구."

그 애가 답답해하며 물었다.

"아."

나는 잠시 생각했다.

그게 무슨 말일까? 자기가 어떻게 행동하면 좋겠느냐고 나

한테 묻는 건가? 그것을 그렇게 마음대로 할 수 있는 건가?

"그냥 하던 대로 해. 우리 엄마는 그걸 제일 좋아해."

내가 대답했다.

"그럼, 자연스럽게."

난 그냥 고개를 끄덕였다. 난 종종 다른 사람의 말을 이해하지 못한다.

"엄마, 빅 데리고 왔어요!"

엄마가 빅에게 친절하게 대해 줬다. 우리는 콜라를 마시고, 케이크도 먹었다. 엄마가 재미있는 이야기도 많이 해 줬다. 우리는 많이 웃었다. 나한테 친구가 생겨서 엄마가 무척 좋아하는 것 같았다.

"우리, 그만 네 방으로 가 볼까?"

빅이 물었다. 내가 일어섰다.

"세상에!"

문가에 서서 그 애가 말했다.

"이게 무슨 난장판이야?"

그 애가 내 책상을 보았다. 학교에 제출할 보고서 밑에 책과 공책들이 잔뜩 놓여 있었다. 그 옆에 필기구, 구겨진 종이,

가위 두 개, 빈 컵, 클립, 절반 정도 남은 과자, 바닥에 흩어져 있는 옷, 비닐봉지, 종이와 다른 잡동사니. 그 애의 눈에는 난장판으로 보일 수도 있지만 내게는 아니었다. 과자를 한 번에 다 먹어 치울 수 없었는데 그냥 버릴 수는 없었다. 좀 오래되기는 했지만 아직은 맛도 괜찮다. 가위가 두 개 놓여 있는 것은 하나가 뭉툭해져서 그렇다. 클립은 항상 필요하다.

"이렇게 엉망진창인 곳은 내가 처음 본다. 쓰레기 봉지 좀 갖고 와 봐. 넌 전봇대로 가서 오후 내내 구경하고 있어. 난 여기에서 청소나 할 테니까. 손만 대도 끈적거린다."

내 방은 바꿀 게 전혀 없다. 지금 이 상태가 난 좋다. 난 빅이 왜 내 방 청소를 하려고 하는지 이해할 수 없다. 혹시 연극하는 건가?

그 애가 뒤로 돌아섰다.

"쓰레기 봉지 어디 있니?"

나는 그 애가 장난을 치고 있을 거라고 속으로 생각하며 머뭇댔다. 청소를 한다고? 누가 남의 집에 처음 와서 청소를 하나?

"디지!"

그 애가 화난 얼굴로 나를 불렀다. 난 고개를 휙 돌리고, 층계를 내려갔다.

위로 다시 올라가면서 나는 내가 해야 할 말을 정리했다. 안 돼, 청소하지 마. 네 도움 필요 없어. 내가 혼자서 할 수 있어, 우리 엄마랑 같이. 여기는 원래 항상 이래. 난 이게 좋아.

"저게 뭐야?"

빅이 방 한쪽 구석을 가리키며 물었다.

"잡동사니."

내가 약간 불안해하며 말했다.

"저걸로 뭐하려고?"

나는 곰곰이 생각했다.

그 물건들은 내가 전에 자주 갖고 놀았던 동물 인형들을 모아 놓은 것들이다. 지금도 그 안을 들춰 보면 아직도 좋아하는 것들이 많이 있다. 그리고 바비 인형에게 필요한 물건이 가방 두 개에 담겨 있다. 바비 인형의 평상복, 스키복, 수영복, 선글라스, 망원경 등이다. 지금은 그런 걸 갖고 놀지 않지만 아직 예쁘고, 엄마 말대로 꽤 비싸게 주고 산 것들이다.

빅이 바비 인형에게 필요한 물건들을 손에 었고, 쓰레기 봉지는 자기 앞에 펼쳐놓았다.

"버릴까?"

내가 한숨을 내쉬었다. 싫다고 이미 말했는데.

그 애가 손에 든 것들을 쓰레기 봉지에 몽땅 버렸다.

내가 쓰레기 봉지에서 쓸 만한 물건들을 몇 개 골라 도로 꺼내 놓았다. 빅이 눈 깜짝할 사이에 쓰레기 봉지 하나를 다 채우고, 벌써 두 번째 것에 넣을 준비를 했다. 두 번째 봉지가 가득 찼을 때 나는 그것을 앞으로 잡아당겨 팔로 감쌌다.

"왜 그래?"

빅이 물었다.

"버리기 싫어."

나는 한숨을 내쉬었다. 나는 쓰레기를 채운 봉지 두 개 중에서 하나를 벽에 갖다 놓고, 그 위에 다른 물건을 몇 개 얹어 놓았다. 좀 더 분명하게 내 의견을 말하면 그 애가 알아들을 지도 모른다는 생각이 들었다

"이것들은 여기에 놓아두면 좋겠다, 당분간."

내가 말했다.

그 애가 내 눈을 똑바로 보려고 했다. 난 일부러 그 애의 머리 위를 바라보았다. 한 곳을 똑바로 바라봐야지, 안 그러면 쓰러진다.

"너 바보처럼 왜 그래?"

그 애가 화를 내며 말했다.

"나 원래 바보야. 너도 전에 그렇게 말했잖아."

내가 말했다.

"너, 이럼 뭐가 어디에 있는지 절대로 못 찾아."

"찾아! 그렇게 해야 찾을 수 있어."

내가 말했다.

"디지, 너 정말 못 말리는 애다."

그 애가 말했다.

나는 어깨를 으쓱했다.

"정말 못 말려."

빅이 내 방에 있는 옷장을 열었다. 물건이 그 애에게 우르르 쏟아졌다. 내가 '열지 마'라고 소리치기도 전에 그 애의 머리와 발치로 떨어졌다.

빅이 나쁜 말을 했다.

"난 아무것도 못 버려."

내가 말하고 창밖을 바라보았다. 다시 화를 내고 있을 그 애의 얼굴을 보고 싶지 않다. 물건들이 주위에 막 널려 있는 것을 내가 좋아한다는 것을 그 애가 이해하지 못하는 모습을 보고 싶지 않았다.

"내가 대신 해줄게. 난 물건 잘 버려. 그동안 이사를 워낙 많이 다녀서. 지금부터 넌 바비 인형의 물건들을 한번 살펴보는 게 어때? 부서진 것은 지금 당장 버리는 거야. 곧 부서질 것처럼 보이는 것도. 또 앞으로 다시 필요로 하지 않을 거라고 생각되는 것도 다 버려야 해. 그렇게 하고 나머지는 상자에 깨끗하게 따로 담아 보관해."

나는 발로 물건들을 이리저리 밀었다. 이제는 내가 화를 내도 될 것 같았다. 그렇게 하기 싫다고 고래고래 소리를 질러야지, 안 그러면 이 애가 계속 나한테 그럴 것 같았다.

"잠깐, 잠깐, 이게 뭐니?"

빅이 조심스럽게 뭔가 들어 올렸다.

"우리 할아버지 단검이야."

"단검?"

나는 그것을 그 애의 손에서 빼앗았다. 그리고 칼집에서 칼날이 물결무늬인 단도를 빼냈다.

단검이 옷장에서 다른 옷들과 함께 밖으로 쏟아진 것이다. 원래 그것은 제일 위 선반에 있는 옷 아래 구석에 있었다. 내가 단검을 코앞에 세워 들었다. 빅이 이 사이로 휘파람 소리를 냈다.

"와, 멋있다! 내가 좀 만져 봐도 돼?"

내가 단검을 그 애에게 건넸다. 그 애가 손가락으로 조심스럽게 칼날을 훑었다.

"그거, 아주 날카로워."

그러나 그 애는 손가락을 이미 칼에 뱄다. 칼날에 피가 묻어 있었다. 그 애가 손가락으로 칼날을 다시 훑자, 피가 더 많이 나왔다.

"피 나오잖아."

"나도 알아."

그 애가 차분하게 말했다. 빅이 눈썹 하나 까딱하지 않으면서 그 짓을 계속 반복했다.

"얼마나 날카로운지 거의 느끼지 못할 정도야."

그 애가 꿈꾸는 것 같은 표정으로 피가 나는 손가락을 바라보았다.

난 등골이 오싹했다.

"안 돼! 그만해!"

나는 소리쳤다.

하지만 그 애는 계속했다.

"그만!"

나는 있는 힘을 다해 큰 소리로 외쳤다. 내 목소리가 쩌렁쩌렁 울렸다.

"알았어."

그 애가 단검을 돌려주었다.

나는 그것을 얼른 옷장에 갖다 놓았다. 선반의 제일 위 뒤쪽 구석으로.

"그 뒤에 있는 것들은 다 뭐니?"

빅이 여전히 옷장 안에 있는 물건들을 살펴보며 물었다.

"사소한 것들이야."

내가 머뭇거리며 말했다. 소리를 질러서 목이 아팠다.

"사소한 것들."

빅이 내 말을 따라했다.

"그 말 내 앞에서 다시는 하지 마. 그 말 누가 자주 했는지 알아? 연극반 선생님. 그 사람이 나를 날마다 괴롭히거든."

"아."

빅은 이제 청소하는 것을 잊어버렸는지 더 이상 청소를 하지 않았다.

"내 생각에는 내가 연기를 너무 잘해서 그 사람이 못 견뎌 하는 것 같아. 그래서 항상 몇 가지 '사소한 것들'을 바로 잡겠다고 하지. 그래 놓고는 말을 되게 많이 해. 그 사람 정말 이상해."

그 애가 머릿속으로 어디 다른 곳에라도 간 것처럼 앞을 멍하니 바라보며 말했다.

"아무것도 모르는 사람이 날 질투하는 거야."

갑자기 그 애가 나를 화가 난 표정으로 날카롭게 바라보았다.

"너 혹시 그 사람 편드는 거야?"

그 애가 큰 소리로 물었다.

"아니!"

내가 깜짝 놀라 말했다.

"난 알지도 못하는 사람인데? 왜 그런 생각을 해?"

"나도 몰라. 네 표정이 마치 내가 거짓말이라도 하고 있는 것처럼 여기는 것 같아서."

"그렇게 생각 안 했어. 절대 그런 생각 안 해. 넌 내 친구잖아. 난 항상 네 편이야. 배신 같은 거 난 절대로 안 해."

내가 말했다.

"약속하지?"

빅이 물었다.

"약속."

내가 말했다.

"그럼 좋아. 네 말을 그대로 믿을게."

빅이 말했다.

"아."

내가 말했다.

6

덱스트라 형사가 모니터를 바라봤다. 그녀는 재채기를 한 것
말고는 움직이지도 않았다.

더크 형사가 종이 몇 장을 뒤적거렸다.

둘 다 뭐하는 걸까? 왜 아무 말도 하지 않지? 왜 나는 가끔
씩 사람들을 이해할 수 없을까? 나는 엄마는 잘 이해할 수 있
다. 그러나 엄마가 나 때문에 항상 수고를 많이 한다.

학교에서도 이해가 잘된다. 대개 늘 똑같은 것을 반복하니
까 집으로 가져가는 가정통신문 봉투에는 언제나 '구조와 안
전'이라고 적혀 있다.

그렇지만 다른 사람들을 이해하는 것은 항상 어렵다.

빅도 이해하기 어렵다. 빅은 항상 변하고, 매번 다른 행동을 한다. 길이나 학교에서 만나는 다른 아이들은 내가 그 애들이 하는 말을 이해하지 못하면 화를 낸다. 그런데 빅은 그럴 때 상관도 하지 않는다.

조사실 안이 계속 조용하다. 내가 먼저 시작해야 하는 건가?

"사건이 어떻게 일어났는지 너한테 직접 듣고 싶어."

더크 형사가 말했다.

"렌과 샘의 부모가 너를 고소했거든. 로리, 렌 그리고 샘에게서 사건 경위서도 받아 뒀지. 그래도 이왕이면 네가 우리에게 말을 해 주면 좋겠구나."

나는 앉은 자리가 불편해서 몸을 이쪽저쪽으로 약간씩 움직였다.

"빅은 왔어요?"

내가 물었다.

"다른 애? 아직 안 왔어. 우리도 기다리고 있지."

더크 형사가 말했다.

"그러다가 걔가 안 오면요?"

내가 물었다.

"그럼, 우리가 가서 데려와야지."

더크 형사가 말했다.

"우리 엄마 좀 데려와 주세요. 여기 내 옆에 앉아 있게 해 주세요."

내가 말했다.

덱스트라 형사가 고개를 가로저었다.

"엄마가 여기 계시면 너나 우리나 불편해져. 너도 알지? 엄마가 그 점에 대해 너한테 이미 설명해 줬잖아. 아주 특별한 경우만 빼고는……."

"엄마가 참 좋은 분이시더라, 리지."

더크 형사가 끼어들며 말했다.

"마음이 아주 좋으신 분이야."

"네."

내가 말했다.

우리 엄마는 다른 사람들이 못하는 것도 잘할 수 있다. 물론 엄마처럼 할 수 있는 사람도 있지만 엄마만큼 잘하지는 못한다. 엄마는 아주 작은 소리로 말할 수 있고, 아주 예쁘게 웃을 수도 있고, 항상 상황에 맞는 말을 골라서 말할 수도 있다. 엄마가 말할 때면 목에서 꾸르륵 하는 이상한 소리가 나는데 그 소리를 들으면 다른 사람도 기분이 금방 좋아진다. 엄마의 목덜미에서는 아주 좋은 냄새도 난다. 나 말고는 아무도 거기에 코를 대고 냄새를 맡지 못한다. 전에는 아빠가 그렇게 했다.

"엄마가 고생을 많이 하셨더라. 네 아빠도 안 계시고, 너 때문에 걱정도 많이 하시고…….하지만 최근에는 모든 것이 다 좋아졌다고. 너한테 친구가 생겼다고 하시더구나. 그 친구 이름이……."

더크 형사가 종이를 뒤적이더니 말했다.

"음, 아비가일. 넌 학교에서도 문제가 없었어……."

내 심장 뛰는 소리가 점점 크게 났다. 조사실이 조금씩 돌기 시작했다.

"그런데 이제는 네가 한 짓 때문에 모든 것이 달라져 버렸구나……."

난 벌떡 일어나 비틀대며 문으로 갔다. 나가야 해! 난 거기 있을 수가 없었다. 문을 열자 문 뒤에 큰 방이 나왔다. 그곳에서 세 사람이 일하다가 고개를 번쩍 들었다. 내 등 뒤로 의자가 넘어지는 소리가 들렸다.

"잠깐! 이리 와!"

더크 형사가 말했다.

그가 내 어깨를 꽉 붙잡았다. 난 뒤로 돌아섰다.

"잡지 마세요!"

내가 소리를 질렀다.

"알았어!"

그가 얼른 말하고, 나를 놓았다.

"다시 저리로 가서 우리랑 같이 이야기 좀 하자. 도망가도 아무 소용이 없다는 거 너도 잘 알잖아."

도망칠 수 없다고 나는 속으로 생각했다. 끝.

"오늘도 좀 도와줄래?"

체육 선생님이 내가 학교를 빠져 나가려는데 물었다.

선생님은 새로 전근 오셨는데 도와주겠느냐고 나한테 자주 물어본다. 학교가 끝난 다음 물건 정리하는 것을 몇 시간 쯤 도와줄 수 있느냐고 묻는 거다.

나는 고개를 끄덕였다.

친해진 다음부터 빅이 우리 학교 앞에서 나를 기다린다. 그 애의 학교는 일찍 끝난다. 그럼 곧바로 우리 학교로 와서 내가 나올 때까지 기다린다. 누군가 함께 놀려고 나를 기다리는 것은 처음 있는 일이다.

좋으면서도 아직은 습관을 들여야 되는 일이다. 전에는 학교가 끝나면 빵집 앞 전봇대 옆에 있는 내 자리로 가서 구경하고, 소리를 듣고, 꿈을 꿨다. 그러나 이제는 할 일이 생겼다. 함께 이야기하고, 그 애의 집에 가서 콜라를 마시고, 방을 정리하고, 빵집에서 크루아상을 산다.

체육 선생님에게 물건을 허겁지겁 정신없이 집어 주었다. 선생님이 눈치를 챈 것 같다.

그래서 금방 물었다.

"너, 시간은 있는 거니?"

"네."

내가 말했다.

선생님이 나를 바라보았다. 나는 다른 곳을 보았다.

"아니, 사실은 없어요."

내가 말했다.

"그럼 그렇다고 말해야지."

눈을 감고 싶었지만 그렇게 하지 않았다. 학교는 나한테 살아가는 데 필요한 것을 두 가지를 가르쳐 준다. 똑바로 보는 것과, 스위치를 끄는 거다.

똑바로 보는 것은 이렇게 한다. 마음에 들지 않는 일이 일어났을 때 눈을 절대로 감지 않는다. 그리고 눈을 감으면 그게 사라질 거라는 생각을 하지 말아야 한다. 그런 다음 내가 무엇 때문에 화가 났는지 분명히 말해야 한다. 예를 들어 "시간이 없다는 말을 할 용기가 없었습니다."라고 말하고 이어서 "끝."이라고 해야 한다. 그러니까 "시간이 없다는 말을 할 용기가 없었습니다, 끝."이라고 해야 한다.

스위치를 끄는 것은, 무슨 일이 있을 때 눈을 감지 않고 그것이 마치 거기에 없는 것으로 생각하거나, 혹은 내가 거기에 없는 것처럼 생각하는 거다. 그래서 마음에 들지 않는 일이 일어났을 때 거리를 두고 그것을 바라보는 거다. 예를 들어 내가 역겨워하는 마늘 냄새가 어디선가 나면 난 달나라에서 지구를 내려다보고 있는 것처럼 생각한다. 혹은 나와 다른 사람이 텔레비전 속에 있는 것처럼 생각하기도 한다. 그런 다음 큰 소리를 내며 웃어야 한다. 그렇게 하는 것에 난 아직은 서투르다. 사실은 전혀 못하고 있다.

달나라에 가 있다는 상상이 되지 않는다. 텔레비전에 있다

는 것도 마찬가지다. 그리고 별로 우습지 않은데 큰.소리로
웃는 것도 안된다.

"네가 지금까지 한 짓 중에 제일 안 좋은 일이 뭐야?"

빅이 나와 함께 운동장을 빠져나오면서 물었다.

"가장 안 좋은 짓?"

내가 말을 따라 했다. 아무 생각이 안 났다.

"잘 생각해 봐. 있잖아, 그런 거. 원래는 하지 말아야 하는
데 네가 한 거."

빅이 내 어깨를 툭 치며 말했다. 난 그 애에게서 한 발짝 옆
으로 떨어졌다.

"잡지 마."

내가 말했다.

가장 안 좋은 짓을 곰곰이 생각해 봤다.

가장 안 좋은 짓은 펑크 난 자전거를 계속 탔던 일 같았다.
그때 나는 길에서 넘어졌는데, 집에 가서 차마 솔직하게 말
하지 못했다. 하지만 엄마가 뭔가 일이 생겼다는 것을 알아
채고 물었다. 나는 그제야 엄마한테 사실대로 말했다. 자전

거 앞바퀴가 비틀어져 있었다.

엄마는 울고 있는 나를 위로했다. 엄마가 획스트라 아저씨의 가게로 가서 중고 바퀴로 바꿔 줘 다시 괜찮아졌다.

"이제 생각났어? 가장 안 좋은 짓 한 거?"

빅이 채근하며 물었다.

"전에 자전거 타이어가 펑크 났는데 그래도 계속 탄 적이 있어."

내가 말했다.

"어머나, 세상에!"

그 애가 말했다.

나는 깜짝 놀랐다. 그 애는 내가 엄청 안 좋은 짓이라도 벌인 것처럼 말했다.

"장난이야."

그 애가 말했다.

"내가 어떤 나쁜 짓을 했는지 네가 몰라서 다행이다."

"뭔데?"

"넌 몰라도 돼."

우리는 전봇대 옆에 섰다. 나는 하늘을 올려다보고, 아이들이

노는 것을 구경했다. 그렇게 하면 마음이 편안해진다. 그건
나도 잘 안다.

"우리 시장에 갈까?"

빅이 물었다.

"왜?"

내가 되물었다.

"그냥. 여기는 너무 심심하잖아."

"시장도 심심해."

"그건 너도 모르지. 거기 안 가고 여기 이렇게 있으니까."

빅이 대꾸했다.

빅이 나를 바라보았다. 그 애의 하얀 이가 반짝였다.

"맞지?"

내가 고개를 끄덕였다. 머리를 흔들다가 다시 끄덕였다.
왜 사람은 항상 '응'이나 '아니'라고 대답을 해야 하나?

"넌 뭐하러 저 바보 같은 애들을 날마다 구경하려고 하는
거야?"

나는 아무 말도 안 했다. 뭐라고 말해야 하나?

"너 이제 말 안 할 거야? 좋아, 그럼 나 간다."

빅이 발걸음을 조금씩 떼며 혼자 걸어가다가 뒤를 돌아보았다. 난 전봇대 옆에 그대로 서 있었다. 그 애가 또 몇 발자국 걷다가 다시 돌아보았다.

나는 한숨을 내쉬었다. 그리고 전봇대에서 떨어져 등을 기대고 있던 그 애에게로 갔다.

"오늘은 네가 복수를 하게 해 줄게."

내가 옆으로 가자 그 애가 말했다.

"뭐를? 뭐를 내가 복수해?"

내가 물었다.

"그 애들이 너를 항상 골렸잖아. 너한테 항상 못되게 굴었던 거 말야."

"아."

"어떻게?"

사실 난 전혀 궁금하지 않았는데 나도 모르게 그 말이 나와 버렸다.

"나한테 좋은 계획이 하나 있어."

빅이 내 귀에 입을 바짝 갖다 댔다. 간지러웠다. 머리를 뒤로 빼고 싶었지만 빅이 내 팔뚝을 아플 정도로 꽉 잡았다.

계획은 좋아 보였다.

"난 몰라. 나 때문에 그렇게까지 할 필요는 없어."

내가 말했다.

"너 겁이 나서 그렇지?"

"그럴지도 모르지."

내가 솔직하게 말했다.

"겁쟁이."

빅이 말했다.

"난 상관없어."

내가 말하고, 그 애의 손에서 팔을 빼내려고 했지만 그 애
가 더 힘껏 잡았다.

"이거 놔!"

내가 소리쳤다.

빅이 내 팔을 밀다가 내 머리를 건드렸다.

"내 머리 만지지 마!"

그러자 빅이 내 머리를 꽉 잡았다.

"내가 세운 계획에 너도 함께 해 줘야 해. 그렇게 하지 않

으면, 넌 내 편 아냐."

그 애가 말했다.

난 애써 웃으려고 했다. 그러나 내 웃음소리가 별로 즐겁게 들리지 않았다. 상황도 그다지 기분 좋지 않았다.

빅의 손에 힘이 들어갔다. 점점 더 세졌다.

내 머리가 거의 부서질 것 같았다. 내가 거의 부서지려고 했다. 그 애가 그 짓을 못 하게 해야만 했다. 그런데 그 애가 내 등 뒤에 서 있었다. 발로 차야 된다고 나는 생각했다. 말처럼 뒷발질을 해야만 했다. 한번 해 보았지만 그 애는 살짝 피했다. 그 애는 내가 무슨 짓을 하려고 하는지 다 알고 있는 것 같았다. 난 힘이 센 편이지만 아주 세다고는 할 수 없었다.

우리는 자전거 가게로 갔다. 훽스트라 아저씨가 느린 걸음으로 다가왔다. 아저씨는 언제나 그렇게 느리다.

"안녕, 디지."

아저씨가 다정하게 인사했다.

"오랜만이네? 잘 있었어?"

"네. 아저씨도요?"

내가 물었다.

"잘 있었지. 장사도 열심히 하고."

아저씨가 빙긋 웃은 다음 물었다.

"뭘 도와줄까?"

아저씨가 호기심을 나타내며 빅을 바라보았다.

"저기, 얘는, 제 친구 빅이에요. 얘네 집은 저기 하얀 집이
에요. 오랫동안 비어 있던 집이요."

내가 말했다.

휙스트라 아저씨가 빅을 보고 고개를 끄덕였다. 빅이 하얀
이를 내보이고 웃으며 말했다.

"자전거 좀 잠깐 타고 싶어서요⋯⋯."

이제는 내가 거짓말을 해야 하는 순서다, 감쪽같이. 난 심
호흡을 했다. 눈앞에 별이 반짝거렸다.

"근데 친구가 이사 오다가 자전거 열쇠를 잃어버려서 자
물통을 못 연대요."

해냈다. 난 잠시 기다렸다.

"그래서 새로 자물통도 하나 사고⋯⋯. 옛날 것을 잘라 내
야 해서 쇠톱 좀 빌리려고요."

빅이 말했다.

휙스트라 아저씨가 자물통이 걸려 있는 벽으로 다가가 말했다.

"여기서 마음대로 골라 보려므나."

빅이 튼튼한 쇠줄에 연결되어 있는 자물통을 골랐다.

휙스트라 아저씨가 계산대로 가서 신중하게 가격을 계산기에 입력했다. 우리는 돈을 내고, 가만히 서 있었다.

"어머니는 요즘 어떠시냐, 리지? 잘 지내셔?"

내가 고개를 끄덕였다. 그래도 우리는 갈 생각을 안 하고 가만히 있었다.

"더 필요한 게 있어?"

아저씨가 물었다.

"쇠톱이요."

빅이 대답했다.

"아참, 그렇지."

아저씨가 말했다. 그러고는 신발을 질질 끌고 뒤로 가서 연장통을 잠시 뒤지다가 먼지가 잔뜩 묻어 있는 쇠톱을 손에 들고 나왔다.

"너희들 이거 빌려 가서 못된 짓을 하면 말이다. 나한테는 말하지 않기다."

아저씨가 재미있는 농담을 했다고 생각하는지 큰 소리로 웃었다.

우리는 가게에서 얼른 나왔다.

"수다쟁이 아저씨네."

빅이 말했다.

우리는 옛날 기찻길로 갔다. 철둑 밑에 예전에 사람들이 자전거를 타거나 산책을 하던 작은 터널이 있다. 어떤 사람들은 그것이 개구리와 두꺼비 통로라고 말한다. 어쨌든 벌써 오래 전부터 그 터널에는 사람들이 다니지 않는다. 녹슨 자물통이 터널 입구에 매달려 있다.

빅은 전문가처럼 톱질을 잘했다. 우리는 한 발짝 안으로 들어가 보았다. 우리가 들어서자 작은 곤충들이 급히 도망쳤다. 곰팡이 냄새, 썩은 물 냄새, 거미줄, 말라비틀어진 도마뱀 냄새가 났다. 으스스했다. 우리는 다시 밖으로 나와 터널 입구를 새로 사 온 자물통으로 잠갔다.

"너네 집에 잠깐 들를까?"

빅이 자전거 가게 쪽으로 가면서 물었다.

"나, 목이 너무 말라!"

"먼저 이거부터 갖다 주고."

내가 쇠톱을 흔들어 보이며 말했다.

"그건 하나도 안 급해. 쇠톱이 필요한 사람이 하루에 몇 명이나 되겠어?"

그 애가 말했다.

"하지만 휙스트라 아저씨가……."

내가 반박하려고 하는데 빅이 내 말을 가로챘다.

"나, 너네 집에 잠깐만 갈게. 도로 갖다 준다고 했지 언제 갖다 준다고 약속하지는 않았잖아."

빅이 아직도 통증이 느껴지는 내 팔을 다시 붙들었다.

"어서 가서 너희 엄마한테 마실 거 좀 달라고 하자. 나 목말라."

"알았어."

내가 하는 수 없이 대답했다.

"그럼, 오늘 가게 문 닫기 전에 갖다 주는 거야."

빅이 한숨을 내쉬었다.

"넌 왜 항상 네 고집대로만 하려고 그래?"

'그런 너는 어떤데?'라고 나는 생각했지만 말은 하지 않았
다. 나는 싸우는 게 싫다.

8

"몇 가지만 물어보자, 리지."

더크 형사가 말했다.

"대답하기 싫으면 안 해도 돼. 너한테는 그런 권리가 있으니까. 협조해 준다면 일이 좀 더 쉽겠지만 네가 꼭 그렇게 해야 하는 것은 아냐."

"아."

"이해했지?"

"네."

내가 말했다.

"처음에 누가 그걸 하자고 했지?"

덱스트라 형사가 물었다. 그녀는 내 눈을 자꾸 마주 보려고 했지만 나는 그녀의 머리 위로 시선을 돌렸다.

시계 소리가 들렸다. 컴퓨터에서 윙윙대는 소리도 들렸다. 그러나 시계 소리가 더 컸다. 숫자를 셌다. 스물하나, 스물둘, 스물셋……. 학교에서 그렇게 하는 것을 배웠다. 머릿속으로 숫자를 세면 마음이 차분해진다. 특히 흥분했을 때 머릿속으로 숫자를 세면 좋다. 스물넷, 스물다섯…….

숫자를 세면서 밖으로 나가고 싶었다. 조용히.

그러나 나는 여기 있어야 한다. 법에 따라 그들이 나를 여섯 시간 동안 붙잡아 둘 수 있다고 엄마가 말해 줬다. 여섯 시간, 길다. 집에 가고 싶었다. 아니면 내가 늘 서 있던 곳으로. 시계 바늘이 돌아가는 소리가 들렸다. 어디까지 숫자를 세다 말았는지 잊어버렸다.

"내가 한 거 아니에요."

더크 형사가 눈썹을 치켜 올렸다.

"우리 둘이 했어요. 빅하고 저요. 걔가 없었다면……."

울음이 터져 나왔다. 배 속 깊은 곳에서 설움이 복받쳐 올랐다. 숨도 잘 안 쉬어졌다. 그만 울려고 해도 잘 안됐다.

"잘못했어요. 제가 큰 잘못을 저질렀어요."

내가 떨리는 목소리로 말했다.

"엄마가 잘못은 용서받을 수 있다고 했어요. 살다 보면 그런 일이 일어날 수 있다고요. 그런 것은 다시 잘 해결하면 된다고 했어요."

덱스트라 형사가 내게 물을 한 잔 줬다. 나는 물을 단숨에 마시다가 사레가 걸려 기침을 했다.

"진정하렴."

더크 형사가 말했다.

"우리가 모든 죄를 너한테 덮어씌우려는 것처럼 보인 모양이구나. 그렇지 않아. 절대 아냐. 그저 그 일이 어떻게 해서 일어났는지 네 입을 통해 듣고 싶은 것뿐이야."

나는 여전히 훌쩍거렸지만 좀 더 차분해졌다.

덱스트라 형사가 말했다.

"무서워할 필요 없어. 우리는 너한테 정말로 화나지 않았거든. 진실만 알고 싶을 뿐이란다."

더크 형사가 헛기침을 했다.

"그게 우리가 하는 일이지. 진실을 찾는 것."

등골이 오싹했다.

"아저씨가 방금 전에 네 엄마랑 이야기 나눈 거 너도 알지? 엄마는 네가 아주 착하고, 조용한 아이였다고 하더구나. 내가 봐도 그런 것 같아. 넌 잘하는 것도 많아. 아비가일하고 친하게 지내기 전까지는 대개 혼자 지냈지? 너희들은 금방 친한 친구가 됐어, 그렇지?"

내가 머리를 흔들었다.

"너희들, 친구 아냐?"

더크 형사가 약간 목소리를 크게 내며 물었다.

내가 머리를 가로저었다.

"의자매, 피를 나눈 의자매예요."

내가 말했다.

덱스트라 형사가 고개를 번쩍 들었다.

"그게 무슨 말이지?"

내가 손가락 하나를 들어 다른 손가락에 대고 눌렀다.

"피."

내가 말했다.

"이런."

덱스트라 형사가 말했다.

더크 형사가 물었다.

"그날 저녁, 무슨 일이 일어났는지 어서 말해 보렴."

나는 머리를 잡았다. 세상이 돌았고, 눈에 보이는 수많은 점들이 춤을 췄다. 전에 점들이 많이 찍혀 있는 그림을 본 적이 있다. 크고 작은 점들이 서로 가까이 붙어 있기도 하고, 멀리 떨어져 있기도 한 그림이었다. 그 그림 앞에 바짝 붙어 서 있으면 눈에 점만 보였다. 조금 뒤로 가면 뭔가 형체가 보였다. 새와 물이 있는 풍경이었다. 그때 내가 그림에 가까이 다가 갔다가 뒤로 물러났던 게 생각났다. 그림에 바짝 다가가면 그 안에 그런 것들이 있다는 게 믿기지 않았다…….

"리지?"

혼자 생각에 빠져 있는 나를 덱스트라 형사가 코 막힌 목소리로 불렀다.

"왜 그렇게 했지?"

더크 형사가 물었다.

내 앞에 있는 벽이 작은 점들로 이뤄진 바다처럼 보였다. 꿈꾸지 말고 정신을 바짝 차려야 한다고 엄마가 내게 말했다. 그러나 나는 이곳에 있고 싶지 않았다.

"이제 질문 안 받아요."

나는 벽만 뚫어져라 쳐다봤다.

"알았죠?"

머리를 움직이지 않고 가만히 있자 더 이상 그렇게 보이지 않았다.

"귀를 완전히 닫아 버렸군."

더크 형사가 잠시 후 텍스트라 형사에게 말했다.

나는 벽을 뚫어져라 바라보았다.

"잠깐만."

더크 형사가 말하고는 텍스트라 형사에게 눈짓을 하고는 두 사람이 밖으로 나갔다.

잠시 후 텍스트라 형사가 혼자 안으로 들어왔다.

"더크 형사님은 급한 볼일이 있어서. 그냥 우리 둘이 계속

하자. 더 낫지?"

그녀가 말했다.

9

"엄마, 우리 잠시 나갔다 올게요."

　내가 말하고, 일어났다. 빅도 같이 일어났다.

　"콜라 맛있었어요, 아주머니."

　그 애가 말했다.

　엄마가 웃었다.

　"그럼 재미있게 놀다 와. 그런데 저녁 여섯 시에는 집에 와
있어야 해. 알았지?"

자, 출발! 나는 빅의 흉내를 내며 속으로 말했다. 이제 네가

그 애들에게 마침내 복수를 하는 거야. 그 애들이 너한테 항상 못되게 굴었잖아.

발걸음이 잘 떨어지지 않았다. 하지만 머릿속에서 이게 절호의 기회라는 소리가 윙윙댔다.

휄스트라 아저씨의 가게에 쇠톱을 들고 들어갔다. 빅은 문을 잡고 서서 기다렸다.

"잘됐냐?"

아저씨가 물었다.

내가 고개를 끄덕이고, 쇠톱을 건넸다.

"요새 학교는 잘 다니고?"

아저씨가 물었다.

내가 고개를 끄덕였다.

아저씨는 언제나 느긋하다.

"친구가 생겼던데? 그것 참 잘됐다."

나는 옷에 있는 먼지를 손으로 툭툭 털었다. 나는 다른 사람과 이야기를 나누는 것을 잘 못한다. 빅은 나보다 훨씬 잘한다. 난 그럴 때마다 머리가 텅 빈 것 같다.

"아줌마는 어떠세요?"

내가 물었다.

아저씨가 이상하다는 듯이 나를 바라보며 부드럽게 말했다.

"아줌마는 벌써 옛날에 돌아가셨지."

숨을 꼴깍 삼켰다. 맞다. 나도 그것을 알고 있었다. 휙스트라 아줌마는 언제나 가게 위 2층에 있는 살림집 창가에 앉아 있었다. 그런데 어느 날부터인가 갑자기 모습이 보이지 않았다.

"죄송해요. 정말 죄송해요."

내가 말했다. 그것 말고 달리 할 말이 생각나지 않았다.

"그래, 넌 이 동네 마음에 드냐?"

아저씨가 빅을 향해 쉰 목소리로 물었다.

빅이 가게 안으로 들어왔다.

"예. 이제 이렇게 좋은 친구도 생겨서요."

그 애가 말했다.

내 얼굴이 달아오르는 게 느껴졌다. 우리는 그런 말을 이런데서 입 밖에 낸 적이 없었다.

"조금 전에 키 큰 남자애들이 우르르 몰려다니는 것을 봤어요. 이 동네 아이들이 아닌 것 같던데요? 우리가 자물통을

톱으로 자르고 있는데 그 애들이 소란을 피우면서 돌아다녔
어요."

빅이 말했다.

"불량배들이 다시 왔나?"

아저씨가 물었다.

나는 눈을 어디로 돌려야 할지 몰라 아무것도 보지 않았
다. 빅은 왜 그런 말을 한 걸까?

빅이 아저씨를 보고 환하게 웃었다.

"우리는 그만 가 볼게요."

그 애가 밖으로 나갔다. 나는 얼른 그 애를 뒤따라갔다. 무
릎이 후들거렸다.

"이제 불량배들이 마을에 다시 나타나 돌아다닌다는 소문
이 동네에 돌 거야."

밖으로 나와 걸어가면서 빅이 말했다.

빅이 내 얼굴을 똑바로 바라보았다.

"우리 계획대로 되는 거야. 이 겁쟁이야, 다 계획에 나와 있
잖아. 걔네들이 겁을 많이 먹을수록, 일이 더 잘 풀릴 거야."

"아."

내가 말했다.

"내가 너한테 뭣 좀 좋은 걸 갖다 줘야겠다. 잠깐 기다려."

빅이 말했다.

그 애가 혼자 먼저 가다 말고 돌아왔다.

"여기서 기다려! 시간이 좀 걸려도 여기서 기다려! 내가 좋은 거 갖고 금방 돌아올게."

나는 그 애가 멀어져 가는 모습을 물끄러미 바라보았다. 등을 벽에 기댔다. 이제는 가고 싶어도 가면 안 된다. 한숨이 새어 나왔다. 피곤했다. 무척 피곤했다.

시간이 한참 지난 다음, 그 애가 손에 하얗고 납작한 상자 하나를 들고 돌아왔다.

"짜잔!"

그 애가 바닥에 철퍽 주저앉으며 그렇게 말했다.

"이리 와서 이거 먹어."

내가 옆에 앉자, 그 애가 내 손에 상자를 쥐어 주었다. 케이크였다. 빵집에서 만든 생크림 케이크. 위에는 우리 이름이 서로 교차되게 써 있었다.

"너를 위한 거야. 네가 바보치고는 꽤 괜찮은 애더라고."

그 애가 말했다.

나는 정말 화가 났다. 케이크를 돌려주고 자리를 박차고 일어나고 싶었다. 그런데 그 애가 내 어깨를 얼른 잡았다. 마치 내가 그렇게 나올 줄 미리 예상이라도 했던 것처럼.

"농담이야."

그 애가 말했다. 그 애가 케이크 위에 적어 놓은 두 사람의 이름을 가리키며 물었다.

"우리, 잘 어울리지 않아?"

그러고는 케이크를 한 조각 떼어 내려고 했다.

"네 칼이 여기 있으면 정말 좋을 텐데."

그 애가 말했다.

"그 단검 말이야."

그 애가 내게 삐뚤삐뚤하게 떼어 낸 케이크 조각을 건넸다. 나는 그것을 받았다. 그 애가 더 큰 조각은 자기 손에 들고 내 케이크 조각에 부딪치며 말했다.

"우리의 우정을 위하여!"

우리는 케이크를 절반쯤 먹었다.

"속이 안 좋아."

내가 말했다.

"나도."

빅이 대꾸했다.

"속이 느글거려. 그렇지만 다 먹어 치워야 해."

그 애가 한 입 더 베어 물고, 트림을 했다.

나는 웃었다.

"뭐가 우스워? 이것 다 먹어 치워야 한다니까."

그 애가 말했다.

나는 계속 웃었다.

"디지, 너 뭐야? 뭐가 그렇게 우스워?"

빅이 화난 표정을 지었다. 그 애의 입 속은 생크림으로 가득 차 있었다.

"정말 이해할 수 없어!"

그 애의 목소리가 크고 날카로웠다.

"이게 웃기는 일이 아니라니까! 웃지 마, 이 바보야!"

난 즉시 얼굴에서 웃음을 거뒀다.

빅이 케이크 한 조각을 떼어 내 내 입에 밀어 넣었다. 생크림이 내 콧구멍에 들어갔다. 그리고 뺨에도 묻었다.

"먹어!"

그 애가 앙칼지게 말하며 막 밀어 넣었다.

난 그것을 한 입 베어 먹었다. 그리고 뺨에 묻은 것을 닦아내고, 생크림을 핥았다. 그 애가 나를 바라보더니 갑자기 빙그레 웃으며 말했다.

"그냥 장난친 거야, 알지?"

케이크를 다 먹고 나자 그 애가 일어서며 말했다.

"이제 목말라. 우리 집으로 가서 뭐 좀 마시자."

"우리 아빠는 나한테 만날 얌전히 굴라고 해."

빅이 물 한 방울 없이 깨끗한 싱크대에 기댄 채 배를 문지르며 말했다.

"너도 뭣 좀 마실래?"

그 애가 마실 것을 더 찾아오려고 했다.

내가 고개를 저었다.

"넌 목마른 적 없어?"

빅이 한쪽 눈을 살짝 감았다 뜨며 말했다.

"넌 인간이 아닌 것 같아. 혹시 기계 아냐?"

그 애가 나를 점검이라도 하려는 듯이 내 등, 배, 다리와 머리를 툭툭 건드렸다.

나는 몸이 얼어붙었다.

"기계 아냐!"

내가 소리쳤다.

"내 머리 만지지 마!"

내가 얼른 한 발 옆으로 비켜섰다.

"진정해."

빅이 말했다.

"그래, 너 기계 아냐. 기계라면 내가 어디를 만지든 상관 안 했을 거야."

그 애가 갑자기 시무룩해진 얼굴로 말을 계속했다.

"우리 아빠는 내가 기계라면 엄청 좋아했을 거야. 정말로! 그럼 아빠가 원하는 대로 나를 만들 수 있을 테니까. 말을 크게 하지 않고, 트림도 안 하고, 나쁜 말도 하지 않고, 살도 안 찌고, 장난도 안 치고. 그런 것들을 프로그램으로 다 짜 놓고 그런 버릇이 들게 하고 싶었을 거야."

"뭘 안 하게 버릇을 들이는 것도 가능한지 모르겠어."

내가 말했다.

"내 생각에는 못 할 것 같아."

"그게 무슨 말이야?"

빅이 물었다.

"내 생각에 사람은 자기가 하기를 원하는 것만 버릇 들일 수 있을 것 같아. 공손한 것, 날씬한 것, 얌전하게 말하는 것 같은 것."

"야, 잘난 척 하지 마. 내가 너보다 잘났으니까."

빅이 말했다.

나도 잘났다고 난 속으로 생각했다. 나도 잘 하는 게 있다. 그런 것을 겉으로 드러내 보이면 안 되는 건가?

빅이 부엌으로 들어온 파리 한 마리를 발견했다. 마치 맹수가 먹잇감을 쫓듯이 그 애가 눈으로 그것을 열심히 쫓았다. 그러다 파리가 내려앉자 그것을 향해 손을 천천히 움직였다.

"아주 천천히 움직이면 내가 접근하는 것을 파리가 느끼지 못해. 파리 눈이 그것을 못 보는 거지. 그럼 쉽게 잡을 수 있어."

그 애가 말했다.

그 애가 그것을 꾹 눌렀고, 파리가 으깨지는 소리가 났다.

나는 등골이 오싹했다.

"너희 아빠는 도대체 어디 계셔?"

내가 얼른 물었다.

"어디에서 일하시는데?"

빅이 한숨을 내쉬었다.

그 애가 거실에 있는 피아노로 갔다. 내가 그 뒤를 따랐다. 마음이 편해졌고, 기분이 좋았다. 그 애가 연주를 시작했다. 화음을 몇 개 넣어 연주했는데 그 소리를 듣자마자 내 몸에 닭살이 돋았다.

그 애가 한 곡을 천천히 연주하다가 거기에 맞지 않는 것처럼 들리는 다른 리듬을 섞어 연주했다. 그러더니 멈췄다.

"우리 아빠는 정부 기관에서 일해. 무슨 일을 하는지는 특급 비밀이야. 그래서 우리는 자주 이사를 다녀야 해."

그 애는 연주를 계속했다.

"집에 거의 없어. 차라리 그게 좋아."

빅이 쉽고, 빠르고 신나는 노래를 연주했다.

"아빠가 집에 있으면 우린 항상 다투거든."

그 애가 말했다. 그 애는 손바닥으로 건반을 때리더니 피아노 뚜껑을 닫았다.

나는 움찔했다.

"나 집에 가야 해."

내가 말했다.

"에이, 디지!"

빅이 말했다. 그 애가 일어나 천천히 내게로 왔다.

"응, 정말이야. 벌써 여섯 시 10분 전이잖아."

내가 말했다.

"하지만 네가 날 도와줘야지. 대사 연습하는 거."

빅이 말했다.

"너도 우리 엄마가 여섯 시까지 오라고 말할 때 옆에서 들었잖아. 우리 집까지 가려면 10분은 걸려……."

내가 나도 모르게 사정하는 투로 말하고 있었다.

"너, 내 친구 맞아?"

빅이 내 코 앞까지 와서 물었다.

나는 고개를 끄덕였다.

"내 단짝 친구?"

그 애가 다시 물었고, 나도 다시 고개를 끄덕였다.

"단짝 친구가 도움을 필요로 하는데 혼자 가 버리면 안 되는 거야. 곤경에 처한 친구를 내팽개치고 가는 게 아니라고."

빅은 내 앞에 바짝 서 있으면서도 한 발 더 앞으로 나왔다. 나는 한 발 뒤로 물러섰고, 다시 한 발 뒤로 물러섰다.

나는 빅의 대사를 들었다, 텅 빈 하얀 방에 있는 소파에서. 빅은 대사를 잘 외우지 못했다. 매번 내가 다시 말해 줘야만 했다.

"다시."

그 애가 말했다. 그럼 내가 대사를 알려 주었다.

"다시."

그 애가 말해서 내가 또 다시 알려 줬다. 시간이 한참 지나자 빅이 대사를 어느 정도 외운 것 같았다. 가끔 내가 한두 단어를 말해 주거나, 조금 고쳐 주기만 하면 되었다.

30분쯤 지나서 나는 대본을 소파에 내려놓고 일어났다.

"뭐하는 거야?"

"가려고."

내가 말했다.

"안 돼."

그 애가 말했다. 그 애가 일어나 나를 소파에 다시 주저앉혔다.

"그만해."

내가 말했다. 소파가 딱딱했다. 내 목소리는 기어들어 갔다. 너무 작았다.

나는 대본을 다시 들었다. 그 애는 연습을 계속했다. 문장을 세 개 들은 다음 내가 대본을 내려놓고 말했다.

"엄마가 기다리고 있을 거야. 걱정도 할 거고."

"그래서?"

"난 야단 맞는 거 싫어."

"그럼 전화해."

그 애가 말했다.

나는 머리를 끄덕였다가 흔들었다.

"나 집에 가고 싶어."

내가 말했다. 심장이 두근거리는 소리가 크게 났다. 쿵쾅쿵쾅, 쿵쾅쿵쾅.

"지금 당장 집에 가고 싶어."

빅이 화를 냈다. 나는 지금 내 생각을 분명히 말해야 한다고, 꼭 그렇게 해야 한다고 생각했다.

"그리고 나, 그 애들한테 복수하는 것도 싫어. 뭐하러 그런 짓을 해?"

빅이 일어나 내 잠바를 내게 집어 던졌다.

"좋아, 그럼 이제 우리도 끝난 거야. 네가 원하면 그렇게 해. 그 바보 같은 애들이 놀려도 너 혼자 계속 그렇게 당해 봐. 늙어 머리가 셀 때까지. 난 상관 안 해. 어서 너희 엄마한테로 가. 그리고 다시는 보지 말자."

그 애가 나를 밖으로 밀어냈다.

당황한 채 나는 밖에서 잠바를 입고, 문 앞에 잠시 있었다.

그 애가 피아노를 치기 시작했다. 나는 가만히 들었다.

그 애가 건반을 마구 두드리며 아주 큰 소리로 연주했다. 계속, 자꾸 다시. 단순한 곡을 엄청 큰 소리를 내며 빠르게 연주했다. 소리가 더 커지고, 빨라지고, 도저히 들어주기 힘들 정도로 듣기 싫어졌다. 대체 왜 그러는 걸까?

그러더니 한참 동안 조용했다. 나는 그만 가고 싶었지만 그냥 그 자리에 서 있었다.

그 애가 다시 연주를 시작했다. 좀 더 작은 소리로, 속도를 늦춰 가며. 가끔 아름다운 화음이 이어지며 짧은 노래가 되었다. 그러나 조금만 곡이 아름다워질라 치면 빅은 다시 시끄럽고, 듣기 싫게 연주를 했다.

일어나 문으로 갔다. 아주 천천히.

"너 뭐하니?"

덱스트라 형사가 물었다.

"가려고요."

내가 대답했다.

"말 많이 했잖아요. 이제 그만 할래요."

"리지, 난 사건에 관련된 사람들 모두에게서 이 사건에 대해 이야기를 듣고 싶어. 네가 지금 가 버리면 네 조사서는 '불완전'한 상태가 돼. 난 그렇게 하기 싫거든. 어서 다시 앉아 나한테 자세하게 이야기 좀 해 주렴."

난 앉았다.

침묵.

"네가 말하고 싶은 대로 말해, 리지. 편안하게."

나는 무슨 말을 해야 할지 몰라 가만히 있었다. 질문이라
도 하면 대답을 하기가 쉬울 것 같았다. 어떻게 지냈어? 너희
들 처음에 어떻게 사귀었니? 언제 만나고, 만나면 뭘 하니?
뭐가 제일 재미있었어?

"아무것도 모르겠어요."

내가 말했다.

"천천히 생각해."

덱스트라 형사가 말했다. 그녀가 코를 풀고, 나를 바라봤
다. 나는 얼른 시선을 다른 곳으로 돌렸다.

작은 방안이 다시 조용해졌다. 컴퓨터에서 윙하는 소리가
났다. 시계는 계속 갔다.

덱스트라 형사의 머리 위를 바라보니 그곳에 찌르레기가
날아다니는 모습이 떠올랐다. 내 방 창문 밖으로 보이는 것
만큼 많은 새가 그려졌다.

우리 집 정원에 나무가 한 그루 있다. 해마다 그 나무에 빨간 열매가 주렁주렁 매달린다. 엄마는 만날 그것을 베어 버리겠다고 말한다. 그것 때문에 집 안에 햇빛이 조금밖에 안 들어온다고 한다. 보기에는 맛이 좋아 보이는데 그 열매가 어린이에게 해롭다. 하지만 우리 집에는 오는 애들도 없다. 엄마나 내가 정원에 나와 앉아 있지도 않는다. 그 나무가 그곳에 있은 지 분명 백 년은 됐을 거다. 찌르레기들이 우리 집 나무에 서로 앉으려고 해서, 볼 때마다 나무에 새가 가득하다. 새들은 서로 자리를 차지하려고 싸운다. 나무 주위에도 여러 마리가 날아다닌다. 더 이상 앉을 자리가 없어 보이는데도 새들이 점점 더 많이 나무에 앉는다. 워낙 빠르게 움직이고, 시끄러워서 난 새들이 어떻게 앉는지 제대로 보지 못했다. 그렇지만 볼 때마다 날아다니는 새들은 점점 줄어들고, 나무는 새들이 내려 앉아 점점 더 시커멓게 변했다.

"리지?"

정신을 더 집중해 덱스트라 형사의 머리 위를 바라봤다. 내

머리에 생각이 너무 많아 머릿속이 온통 시커멓고, 이제 더
이상 아무 생각도 할 수 없을 것 같았지만 그래도 다른 생각
이 계속 났다. 시커먼 생각이.

"리지? 그 날 저녁 때 있었던 일을 나한테 조금 더 말해 줄래?"
　나는 고개를 저었다.
　"음, 그 애가 피아노를 엄청 잘 쳐요."
　내가 말했다.
　"예쁘게 칠 수도 있고, 듣기 싫게도 칠 수 있어요."
　덱스트라 형사가 고개를 끄덕였다. 그녀는 자세를 고쳐 앉
기는 했지만 내 얼굴을 바라보지는 않았다.
　"만약 다 말했다가 형사님이 화를 내면 어떻게 해요?"
　"날 믿어."
　덱스트라 형사가 말했다.
　"아."
　내가 말했다.
　덱스트라 형사가 갑자기 아주 피곤하고, 감기도 심해진 것
처럼 보였다.

"그럼 그냥 다 말해요? 그래도 괜찮아요?"

내가 다시 물었다.

덱스트라 형사가 고개를 끄덕였다. 그리고 여전히 나를 똑바로 쳐다보지 않았다.

그녀가 의자를 천천히, 아주 조심스럽게 내 옆으로 밀고 와약 50센티미터 정도 거리를 두고 나와 같은 쪽 벽을 쳐다보며앉았다. 마치 둘이 함께 텔레비전을 보고 있는 것 같았다.

"정말 자세하게 다 말해도 된다고요?"

"그럼 더 좋지."

그녀가 말했다.

11

빅은 더 이상 내 친구가 아니다. 학교에서 나왔는데 그 애가 보이지 않았다.

그 애가 있는지 보려고 주변을 다 둘러보고 싶지는 않아 그냥 그 애가 그 전에 항상 서서 나를 기다리던 곳만 슬쩍 봤다. 없다. 혹시 모른다는 생각에 다른 곳도 살펴봤지만 그 애는 정말로 없었다. 세상이 빙그르르 돌고, 사방에 별이 보였다. 어지러워하는 디지.

학교로 돌아갔다. 교실이 텅 비었다. 학교 버스는 이미 떠났다. 새로 전근 온 지 얼마 안되는 체육 선생님이 복도를 지나며 큰 고리를 들고 가는 게 보였다. 선생님은 웃을 때 눈가에 잔주름이 많이 생긴다. 목소리는 맑고, 다정하다. 과일을 좋아해 항상 사과를 몇 개 갖고 다닌다.

나는 복도로 가서 기다렸다.

"나를 도와줄 시간이 다시 생겼니?"

선생님이 반가워하며 물었다. 내가 고개를 끄덕였다. 우리는 세 번 왔다 갔다 하면서 고리와 다른 물건들을 제 자리에 갖다 놓았다.

체육관으로 간 선생님이 의자를 정리했다. 선생님이 가끔 나를 바라보면 난 못 본 체했다. 의자를 정리한 다음 선생님이 앉아 사과를 깎았다. 내가 다가가자 선생님이 사과를 한 쪽 건넸다. 우리는 함께 그것을 먹고, 아무 말도 안 했다.

사과를 다 먹은 다음 내가 일어나서 말했다.

"고맙습니다."

"내가 고맙지."

선생님이 말했다.

전봇대에도 빅이 나와 있지 않은 게 멀리서부터 보였다.

로리와 다른 아이들을 쳐다보는데 다른 때만큼 재미가 없었다. 빅은 어디 갔을까?

시간이 한참 지난 후에 그 애가 멀리서 오는 게 보였다. 아주 천천히. 내 심장이 빠르게 뛰었다. 두근두근, 두근두근. 서서 그 애를 바라보고 있는 내 자신이 내 눈에 보였다. 그 애가 내 옆으로 오지 않고, 전봇대의 다른 쪽으로 가서 섰다. 난 그 애를 못 본 체했고, 그 애도 그렇게 했다.

10분이 지난 다음 참고 있기 어려워 큰 길로 달려갔다. 집으로 가야 하나? 엄마는 일을 하러 나갔다, 멀리. 난 빈 방과 부엌을 생각하며 내가 자주 찾아가는 다른 곳으로 달려갔다. 그곳에서 들장미를 관찰하고, 하늘을 올려다보았다.

그 애를 알기 전에 난 무엇을 하고 지냈지? 그때는 무엇을 하든지 재미가 있었던가?

나는 날마다 학교에 오래 남아 체육 선생님을 도왔다. 함께 의자를 정리할 때 선생님이 불쑥 말했다.

"난 넬리 선생님이야."

그 말을 듣고 나서야 나는 그동안 선생님의 이름도 모르고 있었다는 것을 알았다. 난 고개를 끄덕이고, 발로 의자를 벽 쪽으로 밀었다.

선생님이 내게 사과를 하나 던졌는데 바닥에 떨어졌다. 선생님이 다른 사과를 다시 던졌는데 그것도 떨어졌다.

"잡는 것 잘 못해요."

내가 말했다.

"그럼, 연습하면 되지."

넬리 선생님이 말했다.

나는 고개를 저었다.

선생님이 바닥에서 사과를 주워 빨리 깎았다. 우리는 함께 사과를 먹었다.

"너희들 머지않아 시험 봐야 하는데, 시험 보는 거 별로 안 좋아하지?"

넬리 선생님이 물었다.

"네. 무슨 시험인데요?"

"피구."

선생님이 말했다. 내가 진저리를 쳤다. 선생님도 내 모습을 봤다.

"피구 안 좋아하니?"

나는 고개를 저었다.

"너무너무 싫어해요."

선생님이 까르르 웃었다.

"맞는 게 싫어, 아니면 던지는 게 싫어?"

내가 어깨를 들썩였다.

"어떤 거?"

선생님이 다시 물었다.

"둘 다요."

"내일은 체육관에 있는 물건들을 다 정리해야 해. 선생님
또 도와줄래?"

난 고개를 끄덕였다.

"돌체와 타베아도 도와주러 올 거야."

"아."

"너도 좋니?"

가지 말라는 방향으로 자꾸 천천히 가는 타베아의 모습이
머리에 그려졌다. 시끄럽게 구는 돌체의 목소리도 들리는 것
같았다.

"괜찮아?"

나는 고개를 끄덕이고, 머리를 흔든 다음 다시 끄덕였다.

"그 애들과 함께 일을 하면 시간은 더 오래 걸릴 거예요."

체육관에 가 보니 타베아와 돌체가 이미 와 있었다.

"우리가 도와주러 왔어."

타베아가 자랑스럽게 말했다.

"버스는 나중에 타고 가면 돼."

돌체는 막 뛰어다니며 소리를 질렀다. 체육관 안에 소리가 쩌렁쩌렁 울렸다.

넬리 선생님이 체육관으로 왔다. 선생님이 우리에게 할 일을 알려주었다. 뜀틀은 여기, 매트는 저기, 원뿔은 여기, 고리는 그 밑, 상자는 저기에 준비해 놓고, 늑목은 밖으로 우리는 즉시 일을 시작했다. 돌체가 매트를 이리저리 던지고, 시끄러운 소리를 내며 의자를 끌고 다녔다. 넬리 선생님이 돌체에게 여러 번 가서 할 일을 침착하게 설명해 주었다. 타베아는 금방 피곤해하면서 그만 앉아 버리려고 했다. 선생님이 나중에 함께 쉬면 사과를 주겠다고 얼렀다.

일을 모두 끝냈을 때 선생님이 사과를 깎았다. 그러고는 시계를 바라보았다.

"너희들 타고 갈 버스 왔겠다."

선생님이 타베아와 돌체에게 말했다. 두 사람이 벌떡 일어나 사과 조각을 받아 들고, 달려 나갔다. 나도 일어섰다.

"잠깐 앉아."

선생님이 말했다.

내가 도로 앉았다.

"저 애들이랑 같이 일해서 좋았니?"

"모르겠어요."

내가 말했다.

"솔직하게 말해."

선생님이 말했다.

"모르겠어요."

내가 다시 말했다.

"선생님은 여기서 일하는 게 좋아요?"

"좋지."

선생님이 말했다.

"너희들에게 한 가지라도 가르쳐 주는 게 정말 좋아."

선생님이 나를 똑바로 바라보았다. 나는 시선을 다른 곳으로 돌렸다.

"잡기 놀이 할까? 너랑 나랑?"

내가 고개를 저었다.

선생님이 그래도 일어나 물렁물렁한 공을 하나 가져왔다. 선생님이 공을 나한테 던졌다. 나는 잡으려고 했지만 못 받았다. 공이 바닥을 굴러갔다.

"손이 아니라 공을 똑바로 봐야 해."

선생님이 친절하게 설명했다.

선생님이 내게 공을 다시 던졌다. 나는 그것을 똑바로 봤는데 너무 늦었다. 공이 손에 맞고 다시 굴러떨어졌다.

"괜찮아."

선생님이 말했다.

내가 고개를 끄덕였다.

"연습하다 보면 언젠가 잘하게 될 거야, 어느 순간 갑자기 말야. 자주 연습하고, 잘하려고 노력하면 돼."

내가 고개를 끄덕였다.

"해 보는 것. 무엇을 하든지 그게 중요해. 그리고 꾸준히 연습하는 것. 성공하는 게 중요한 게 아니라 네가 해 보는 게 중요한 거야. 우리 내일 다시 만날까?"

내가 고개를 끄덕였다.

"연습하고 싶은 마음이 생기면 아무 때나 찾아와, 알았지?"

나한테 그런 말은 너무 어려운 말이었다.

학교에서 나가 곧바로 전봇대로 갔다. 거기 빅이 있었다!

그 애가 전봇대에 내가 늘 서 있던 자리에 서서 크루아상을 먹고 있었다. 그 순간 내 눈앞에 보이는 모든 것들이 빙그르르 돌았다. 발걸음을 옮길 수 없었다. 그 애 옆으로 가서 서야 하나? 그런 다음에는 어떻게 하지?

"어지러워?"

그 애가 물었다.

내가 고개를 끄덕였다. 그 애가 내 팔을 잡고, 나를 질질 끌다시피 하면서 전봇대로 데리고 갔다. 난 기분이 좋았다.

우리는 그렇게 서서 구경했다. 그 애도 그리고 나도.

사방이 조용하고, 좋았다.

그 애가 종이 봉지에서 크루아상을 꺼내 내게 주었다. 시간이 한참 지난 다음 그 애가 헛기침을 했다. 나는 그 애가 무슨 말을 할 것 같아 기다렸다.

"다시는 그렇게 하지 마. 말없이 가버리는 것."

그 애가 쉰 듯한 목소리로 말했다.

다음 날, 학교가 끝났지만 나는 곧바로 밖에 나가지 않았다. 빅이 계획의 2단계를 착수하려고 밖에서 기다리고 있다는 것을 알고 있어서였다. 그 애가 세워 놓은 계획이다.

나는 넬리 선생님한테 가서 물렁물렁한 공을 손에 들었다.

"연습할래?"

선생님이 물었다.

내가 고개를 끄덕였다.

선생님이 공을 던졌지만 매번 공이 떨어졌다. 한참 동안 연습한 다음 공을 제자리에 갖다 놓았다. 그리고 나는 창가로 갔다.

빅이 자전거 보관대에 등을 기댄 채 서 있는 게 보였다. 아직 거기에 있는지 확인하려고 창가로 가서 볼 때마다 그 애는 거기에 서 있었다. 그냥 가 버리지 않았다. 당연했다.

"친구가 기다려요."

내가 말했다.

그 애는 네 친구야, 내가 혼잣말을 했다. 너도 원했잖아? 어서 가 봐. 그렇게 원하던 친구가 생겼는데 이제는 좋아하지도 않고, 아직도 만족을 못 하다니. 나는 나 자신에게 그렇게 말했다. 체육관에서 나가려고 하는데 선생님이 나를 불렀다. 내가 뒤로 돌아섰다.

"잘했어. 네가 해 보는 게 중요한 거야."

선생님이 말했다.

나는 고개를 끄덕였다. 뿌듯했다.

"안녕! 할 일이 있었어."

내가 밖으로 나와 말했다.

"오늘 연극 연습 어떻게 했는지 안 궁금해?"

빅이 나를 보자마자 물었다.

내가 고개를 끄덕였다.

"그럼 물어봐, 디지."

빅이 말했다.

"어땠어?"

내가 물었다.

"엉망이었어."

빅이 말했다.

"대사는 다 기억했는데 내가 너무너무 싫어하는 그 선생님이 '사소한 것들'을 수천 개나 지적했어. 오늘 저녁에 나 연습해야 하는데, 네가 날 도와줘야 해."

그것은 부탁이 아니었다.

"오늘 저녁에도 그렇게 늦게 집에 가면 안 돼."

내가 말했다.

"며칠 전에도 엄마가 화를 냈어."

"우리 아빠는 날마다 화내."

빅이 말하고는 잠시 생각하더니 말했다.

"차라리 네가 거기에 익숙해지면 괜찮아질 거야."

우리는 슈퍼로 갔고, 군것질 거리를 30유로어치나 수레에 담았다. 수레에 알록달록한 군것질 거리가 수북하게 쌓였다.

"이걸 미끼로 쓰면 될 거야."

빅이 만족스러워하며 말했다. 우리는 빅의 집에 가서 군것질 거리를 큰 상자에 담았다.

우리는 전봇대로 다시 갔다. 아이들이 숨바꼭질 놀이를 하며 놀고 있었다. 빅과 나는 우리 둘 사이에 상자를 내려놓았다. 우리는 구경하면서 군것질하고, 군것질하면서 구경하고, 끝없이 쩝쩝대면서 군것질을 계속했다. 시간이 조금 지나자 기대했던 대로 아이들이 우리를 주목했다. 로리가 우리에게로 와 눈을 질끈 감았다.

"야, 말! 너 지금 뭐하는 거야?"

로리가 물었다.

빅이 아무 반응도 보이지 않았다.

"과자 먹어."

내가 말했다. 그러고는 안에 뭐가 있는지 볼 수 있도록 상자를 약간 기울여 주었다.

로리가 상자 옆에 쭈그리고 앉더니 초콜릿 바를 하나 집어 들었다.

"와, 이 안에 꽉 차 있냐?"

그 애가 말했다.

"응, 손 넣어 봐."

내가 말했다.

그 애가 상자 안에 손을 깊숙이 넣더니 과자를 몇 개 꺼내 입으로 쏙 넣었다.

"맛있다, 아비가일. 설마 디지하고 트로이의 목마가 이걸 다 먹어 치울 생각은 아니겠지?"

"물론 아냐."

빅이 말했다.

"우린 오늘 밤 열 시에 여기에서 '생쥐야 저리가' 놀이를 할 거야. 너도 와서 잘하면 과자를 많이 가져갈 수 있어. 과자 는 충분하니까 원하는 사람은 다 껴도 돼."

"오늘 밤 열 시에? 그렇게 늦게?"

로리가 물었다.

나는 속으로 열 시를 생각했다. 엄마가 절대 외출을 허락 해 주지 않을 시각이다.

"너 집에서 못 나와? 나야 뭐, 일곱 시에 해도 괜찮아. 취침 시간은 애들에게나 있는 거니까."

빅이 놀리는 투로 말했다.

"좋아, 열 시 정각. 우리도 올게."

로리가 말하고는 뒤돌아 가면서 말했다.

"오늘 저녁에 우리가 그 과자 상자를 다 털고, 내일 다시 하자고 할지도 몰라."

"그럴 리가 없어."

빅이 옅은 미소를 지으며 말했다.

"우리, 너희 집에 가서 공부하자."

빅이 대본이 들어 있는 책가방에 묻은 먼지를 툭툭 털며 말했다.

"그럼, 너도 너무 늦지 않게 나올 수 있을 거야."

우리 집에 도착하자 그 애는 청소부터 했다. 30분이 지난 다음 그 애가 텅 빈 바닥에 앉아 손바닥으로 자기 옆자리를 두드렸다. 내가 가서 앉았다.

그 애가 대본을 꺼내 들었다. 나는 대본의 표지를 처음 봤다.

"〈트로이의 목마〉, 트로이의 목마는 처음에 받을 때는 반갑게 받는데 그 안에 안 좋은 것이 숨어 있는 것을 말하는 거야."

"그게 무슨 말이야?"

내가 물었다.

빅이 대본을 눈으로 훑으며 잠시 가만있었다.

"처음에는 트로이의 목마를 받고 좋아하지만 나중에는 오
히려 그 반대가 되는 거야."

빅이 말했다.

"그래서 로리가 너를 '말' 이라고 불렀구나."

내가 말했다.

빅이 그 말을 못 들은 체했다.

"선생님 때문에 정말 미치겠어. 내가 어떻게 하면 좋겠니?"

"나도 몰라."

내가 말했다.

"그건 나한테 도움이 안되는 말이야."

빅이 짜증을 내며 말했다.

"직접 찾아가 말을 해 보면 어때?"

"그 꼰대가 내 말을 과연 이해할 수 있을지 모르겠다."

난 숨을 깊이 들이마셨다.

"난 어렸을 때 뭔가 보고 싶지 않은 게 있으면 눈을 꼭 감
고, 그런 게 거기에 없는 것처럼 했어. 걸어가거나, 자전거를

탈 때도 그렇게 하다가 가끔 넘어지기도 하고, 부딪치기도 했지. 그런데 학교에서는 어려운 점이 있으면 똑바로 바라봐야 한다고 가르쳐. 그게 정신을 차리고 집중하는 거래."

내가 용기를 내 말했다.

"너도 보고 싶지 않은 것이 있으면 눈을 감아 봐."

그 말을 하는데 심장이 쿵쾅거렸다.

"고마워. 앞으로 그렇게 해 볼게."

빅이 대답했다.

빅이 나를 비웃지도 않고 그렇게 말했다. 얼굴 표정이 진지해 보이기까지 했다.

"디지, 있잖아. 우리의 우정을 좀 더 단단하게 묶어 놓는 게 좋겠어."

빅이 나를 보며 고개를 끄덕였다.

"더 단단하게?"

내가 되물었다. 그렇게 되묻는 것은 학교에서 배운 방법이다. 그렇게 하면 상대방이 한 말을 반복해서 시간을 벌 수 있다.

"영원히 헤어지지 않게."

"아."

"의식을 치르자고."

"의식을 치러? 그게 어떻게 하는 건데?"

빅이 신난다는 듯이 함빡 웃고는 내 옷장으로 가서 선반
뒤를 뒤지다가 단검을 꺼내 들었다.

"피를 나누는 의식을 치르는 거지."

빅이 말했다. 그 애가 칼집에서 단도를 꺼내 집게손가락을
베었다. 피가 한 방울 천천히 흘러나왔다.

"이제 너도 해."

그 애가 엄숙한 얼굴로 내게 단검을 건넸다.

나는 머뭇댔다. 칼에 베는 게 아플까 봐 겁이 나서 그런 게
아니라 그 애가 조금 무섭게 느껴졌기 때문이었다.

"무서워?"

빅이 물었다.

내가 고개를 끄덕이다가 머리를 흔들었다.

"내가 무서워하는게 뭔지 말해 줄 테니 너도 말해, 알았지?"

빅의 목소리가 이상하게 거칠게 들렸다.

내가 고개를 끄덕였다.

"아빠의 직장 때문에 우리는 계속 이사를 다녔어."

빅이 말했다.

내가 고개를 끄덕였다.

"늘 이사를 다니니까 난 항상 새로운 친구를 사귀어야만 했지."

그 애가 숨을 깊게 들이마시고, 무슨 말인가 하려고 하더니 그만두는 것 같았다.

"그래서 뭐가 무섭다고?"

"혼자 있어야만 했던 것……. 혼자 지내는 것, 그게 난 무서워. 물론 그런 걸 무서워하는 게 좀 바보 같은 짓이기는 하지. 난 친구를 워낙 잘 사귀거든. 넌 뭐가 제일 무서워?"

그 애가 물었다.

"그건 너도 알고 있잖아."

내가 말했다.

"누가 나를 잡는 것. 특히 머리를 잡는 것. 그렇게 하면 사람들이 내 머리에서 무슨 일이 일어나는지 알게 될 것만 같아. 다른 사람이 내 생각을 읽는 게 무서워."

빅이 내 팔을 잡아당기더니 내 집게손가락을 잡았다. 그러

고는 내 손가락에 칼을 살짝 대서 살을 베었고, 내 피를 자기
의 피와 섞이게 했다.

"별로 안 아팠지? 그렇지?"

빅이 말했다.

"이제 우리는 영원한 친구야. 절대 헤어지지 않아. 피를 나
눈 의자매, 우리는 의자매가 된 거야. 서로 친척이 된 거지."

밤 열 시인데 밖은 아직 환했다. 나는 빅의 집에서 자고 오겠다고 엄마한테 말했다. 아이들 다섯 명이 과자 상자를 가져온 우리를 에워싸고 둥그렇게 섰다.

"다른 애들은?"

빅이 물었다.

"그냥 시작해."

로리가 말했다.

"그래, 곧 캄캄해질 거야. 그럼 시내에서 온 불량배들이 이 근처에 다시 나타날지도 몰라."

내가 빅과 미리 약속한 대로 그렇게 말했다.

"불량배?"

빅이 물어보며 깜짝 놀라는 시늉을 해 보였다.

"걔들이 누군데?"

"너 이곳에 오래 안 살아서 아직 잘 모르는구나."

로리가 말했다.

"술도 마시고, 패싸움도 하는 애들이야."

렌이 대답했다.

"사실 그래서 난 이 시간에 밖에 나오면 안 돼."

"자, 빨리 시작해."

로리가 말했다.

"너희들 게임 방법은 다 알고 있어?"

빅이 말했다.

"우리가 뚜껑에 과자를 몇 개 꺼내 놓고, 너희들 중에 한 사람이 저만치 가 있는 동안 다른 사람들은 그 중에 과자 하나를 선택하는 거야. 술래가 된 사람이 돌아와서 자기 마음 대로 아무거나 가리키고, 그게 다른 사람들이 선택한 것이 아니면 술래가 그 과자를 가져가는 거야. 그러다가 다른 사

람들이 정해놓은 것을 술래가 지적하면 우리가 '생쥐야 저리
가!' 라고 하는 거지. 그럼, 누가 제일 먼저 나랑 같이 갈래?"

빅이 로리를 바라보며 말했다.

"좋아."

로리가 말했다. 빅이 로리의 팔을 잡았다. 로리가 팔을 뿌
리치려고 했지만 빅이 그 애를 꽉 잡았고, 두 사람은 어둠 속
으로 사라졌다.

"우리 어떤 걸로 정할까?"

내가 물었다. 심장이 두근거리는 소리가 크게 들렸지만 난
되도록 아무 일도 없는 것처럼 평소 같은 목소리를 냈다. 아
이들이 까만색 막대 과자를 집었다.

"너희들 이제 나와!"

내가 소리쳤다.

로리가 나와서 과자를 많이 가져갔다. 그 애가 마침내 까
만 색 막대 과자를 가리켜서 우리가 모두 '생쥐야 저리 가!'
라고 소리쳤다.

다음 순서로 빅과 함께 렌이 갔다. 로리가 과자를 정했다.
아몬드 과자였다.

"너희들 이제 나와!"

내가 소리를 질렀다.

그런데 아무도 나오지 않았다. 아이들이 모두 어둠 속을 쏘아보았다.

잠시 후 빅이 헐레벌떡 뛰어왔다.

"렌이 집으로 가 버렸어. 집에 가서 혼날까 봐 그랬는지, 아니면 불량배들을 볼까 봐 그랬는지, 무섭다고 하면서 가 버렸어. 내가 뒤쫓아 갔는데 되게 빨리 달리더라고……. 누가 렌 대신할래?"

빅이 자기 역할을 정말 잘하고 있다고 나는 속으로 중얼거렸다.

다들 말이 없더니, 마침내 샘이 말했다.

"내가 갈게."

"그래, 가자."

빅이 말하고는 나를 바라보며 다시 말했다.

"너희들 과자 좀 빨리 골라."

아이들이 다시 아몬드 과자를 선택했다. 내가 별로 좋은 생각이 아닌 것 같다고 하자 로리가 "닥쳐!"라고 신경질적으로 말했다. 난 더 이상 아무 말도 하지 않았다.

"너희들 이제 나와!"

모두 함께 소리쳤다.

또 아무도 안 나왔다.

"이게 뭐야? 샘, 어서 나와! 장난 그만 치고!"

로리가 말했다.

"빅! 빅, 내 말 들려? 어서 빨리 나와!"

내가 진심으로 걱정되어 그렇게 소리쳤다. 이제는 나도 슬슬 겁이 났다.

빅이 대답을 안 했다.

"빅!"

내가 큰 소리로 그 애를 불렀다.

"빅!"

멀리서 빅이 대답하는 소리가 들렸다.

"어ー!"

"샘?"

로리가 소리쳤다.

"아—니!"

빅의 목소리가 어둠 속에서 들려왔다.

"난 그만 갈래."

남아 있던 남자아이들 중에 한 아이가 말하며 일어섰다.

"나도!"

다른 아이도 말했다. 애들이 도망쳤다.

결국 로리 혼자 남았다.

"샘?"

로리가 다시 소리쳤다.

빅이 어둠에서 나왔다.

"샘이, 샘이 불량배들이 올 것 같아 무섭다고 막 도망갔어. 너희들이 소리를 질러서 걔들이 올 것 같다고."

빅이 숨을 몰아쉬며 말했다.

빅이 로리의 팔을 다시 잡았다.

"이제 너밖에 안 남았네? 2 대 1이야."

"난 무섭지 않아."

로리가 말했다.

"좋아. 내가 이것보다 더 재미있는 놀이를 가르쳐 줄게. 이리 와."

빅이 말했다.

빅이 어둠 속으로 로리를 끌고 갔다. 안 가려고 하는 로리를 빅이 꽉 붙잡고 갔다. 그렇게 잡혀 있으면 기분이 어떤지 잘 안다. 난 그 둘을 뒤따라갔다.

다리가 저절로 움직이는 것 같고, 보통 때보다 숨이 빨라졌다.

모든 일이 나와 상관없는 일처럼 느껴졌다.

단지 로리와 빅의 문제일 뿐이었다.

"자물통 열어, 디지!"

터널 입구에 도착하자 빅이 말했다. 그리고 로리를 붙잡은 채 내게 열쇠를 던졌다.

"이게 지금 뭐하는 거야?"

로리가 소리를 지르며 빅의 손을 뿌리치려고 버둥댔다. 그러나 빅이 로리를 더 힘껏 잡았다. 빅은 힘이 무척 세다.

"이게 지금 뭐하고 있는 거냐고?"

나는 손이 부들부들 떨렸다. 곧 풀어 주겠다고 속으로 생각했다. 그냥 놀래 주려고 하는 거라고. 하지만 그 생각을 말해 주지는 않았다. 애들이 진짜로 무서워서 벌벌 떨기 전에는 절대로 잘 대해 주지 말라고 빅이 신신당부해서였다. 안 그러면 이 모든 짓이 아무 소용이 없게 된다고 했다.

난 입술을 꼭 다물었다.

자물통이 열렸다. 빅이 로리를 그 안에 집어넣자마자 다시 잠갔다.

"나 풀어 줘!"

로리가 소리쳤다. 그 애가 창살을 마구 흔들었다.

"왜 그래야 되지?"

빅이 물었다.

자기 옆에 갑자기 나타난 샘과 렌을 보고 깜짝 놀라는 로리를 보며 빅이 깔깔대고 웃었다.

"너 이게 지금 뭐하는 거야, 트로이의 목마야!"

로리가 소리쳤다. 평소에 굵고 낮았던 그 애의 목소리가 좀 가늘어졌다.

"꼬맹아, 욕하지 마! 안 그러면 내가 이 열쇠 버려 버릴 거

야. 그럼 넌 영원히 거기 갇혀 있어야 해. 앞으로 나를 빅이라
고 불러. 아비가일도 아니고, 말도 아니고, 트로이의 목마는
더군다나 아니야. 앞으로 다시는 나를 그렇게 부르지 않겠다
고 맹세해야 너를 빼내 줄 거야."

"아비가일 말!"

로리가 소리쳤다. 그 애가 빅을 향해 침을 뱉었지만 빅은
멀찌감치 떨어져 있어서 안 맞았다.

"아비가일 말? 알았어."

빅이 천천히 말했다.

"이건 네가 스스로 선택한 거야."

그런 다음 빅이 열쇠를 집어 던졌다. 어둠 속 어딘가에 열
쇠 떨어지는 소리가 났다.

물론 그렇게 하기로 미리 약속했다는 것도 나는 안다. 빅이
열쇠를 진짜로 버리는 것처럼 하겠다고 했다. 그런데 아무리
봐도 열쇠를 진짜로 던진 것처럼 보였다. 빅은 연극을 정말
잘하는 것 같았다.

"이리 와, 디지. 우리는 그만 가자."

빅이 말했다.

로리, 샘, 렌이 있는 힘을 다해 소리를 질렀다.

"우리를 어서 풀어 줘!"

애들이 기를 쓰고 자물통을 잡아당겼다.

그 모습을 보고 모른 체하기가 너무 힘들었다.

"술 취해서 돌아다니는 애들 보면 너희들하고 놀라고 해 줄게."

빅이 말했다.

우리는 터널에서 점점 멀어져 갔다.

"너희, 자고 온다고 하지 않았니?"

엄마가 우리가 돌아온 것을 보고 물었다. 빅이 나를 우리 집에 데려왔다. 난 아무것도 생각할 수 없었다.

"우리 집에서 자려고 누웠는데, 디지가 집에 가겠다고 해서요."

빅이 말했다.

엄마가 의아한 듯 바라보면서도 고개를 끄덕였다.

"뭐 마실 것 좀 줄까?"

엄마가 마실 것을 가지러 부엌으로 갔다.

복도에 자전거가 거꾸로 세워져 있었다.

"뭐하는 거예요?"

내가 물었다.

"바퀴에 작업 좀 했지. 이제는 새것처럼 잘 갈 거야."

엄마가 오렌지 주스를 손에 들고 왔다. 나는 머릿속이 조금 더 맑아졌다. 주스만 얼른 마시고, 애들을 풀어 주러 금방 다시 갈 거라고 생각했다.

"빅은 콜라 마셔요."

내가 말했다.

"오케이. 그럼 콜라."

엄마가 콜라를 따라 주었다.

"그럼 잠이 잘 오거든요."

빅이 부엌으로 걸어가면서 하얀 이를 드러내고 활짝 웃었다.

"아주머니, 저 오늘 여기에서 자고 가도 돼요?"

빅이 물었다.

"그래라, 난 괜찮아. 하지만 네 아빠가 뭐라고 하지 않으실까?"

엄마가 말했다.

잠을? 그것은 미리 약속하지 않았다. 나는 혼자 자는 게 제일 좋다. 여행을 가거나 몸이 아플 때 엄마하고 같은 방에서 몇 번 잤는데 너무 싫었다. 다른 사람이 움직이거나, 하품하거나, 숨쉬는 소리가 들리면 도무지 잠이 안 왔다.

"아빠는 괜찮을 거예요."

빅이 말했다.

"우리 집에서 우리가 같이 자지 못하는 것을 보고 아빠도 안타까워 했거든요. 내가 여기에서 자도 되느냐고 물어볼 거라는 걸 알고 계셔서 오늘 집에 안 가도 걱정하지 않을 거예요."

빅이 콜라 잔을 몇 번 만에 비워 버리고, 다시 병 쪽으로 내밀었다. 엄마가 반 잔 정도 더 따라 주었다. 빅이 그것도 단숨에 마시고, 벌떡 일어났다.

"우리 그만 갈까? 내가 대본 연습하는 것 한번 들어주면 좋겠어. 시간이 벌써 늦었거든."

빅이 물었다.

나는 잠바를 걸어 두었던 곳으로 갔다. 엄마도 같이 갔다.

"너희들 지금 뭐하려고 그러니? 다시 나가려는 건 설마 아니지?"

"다시 나가야 해요."

내가 말했다.

"말도 안 되는 소리! 안 돼, 너희들 밖에 나가면 안 돼. 벌써 열한 시가 다 되어가려고 해! 동네에 요즘 술 취한 불량배들이 돌아다닌다는 소문도 있어."

엄마가 말했다.

빅이 자기 잠바를 얼른 못에 다시 걸었다.

"맞아요. 제가 봐도 별로 안 좋은 생각인 것 같아요."

빅이 말했다.

우리는 내 방으로 올라갔다. 빅이 하품을 크게 했다. 우리는 내 침대 밑에 있는 손님용 침대를 밖으로 끌어냈다. 빅이 기지개를 켜고는 거기에 누웠다.

"네가 무슨 생각을 하고 있는지 다른 사람들이 알게 되는 게 왜 무서워?"

빅이 물었다.

나는 양치질하는 데만 집중하고 아무 말도 하지 않았다.

"단짝 친구, 의자매에게는 뭐든지 말해도 되는 거야, 뭐든지. 너 머릿속으로 나쁜 생각하니?"

빅이 물었다.

내가 칫솔을 입에서 꺼내고 말했다.

"너라면 네가 무슨 생각을 하고 있는지 내가 다 알고 있다면 마음이 편하겠어?"

빅이 고개를 저었다.

빅이 웃지 않아 다행이었다.

나는 잠옷으로 갈아입고, 화장실에도 갔다 오고, 커튼도 쳤다. 마침내 침대에 누웠을 때 빅은 벌써 자고 있었다. 그 애의 눈꺼풀을 가만히 들여다보았다. 빠르게 움직였다. 숨소리도 빠르지만 규칙적이었다. 정말로 자고 있었다.

어떻게 태평스럽게 잠을 잘 수 있을까? 내가 그 애를 깨웠다.

"가서 애들 풀어 줘야지."

내가 말했다.

"밖에 나가면 안 된다고 너희 엄마가 말했잖아."

빅이 잠에서 덜 깬 목소리로 말했다.

"엄마가 하지 말라는 짓 할 거야?"

"하지만……."

내가 대답을 못 하고 얼버무렸다.

빅이 다른 쪽으로 몸을 돌려 누웠다.

"내일⋯⋯. 내일 해."

빅이 말했다.

빅은 다시 잠들었다. 하지만 나는 잠을 잘 수 없었다. 로리와 샘과 렌 생각만 났다. 그 애들이 겁먹은 채 터널에 갇혀 추위에 떨고 있고, 그 애들의 집에서도 부모들이 걱정을 하고 있을 게 뻔했다.

바닥에서 윙하는 소리가 났다. 창문이 흔들렸다. 내 침대가 소리를 지르는 것 같았다. 나는 생각에 잠겼다. 온몸이 쭈뼛거렸다.

나는 빅을 다시 깨웠다.

"열쇠 줘! 지금!"

내가 말했다.

"버렸어."

빅이 대답했다.

"당장 내놔."

내가 말했다.

"거기 캄캄한 데 어딘가에 있겠지. 지금은 나가도 못 찾아. 혹시 내일이라면 모르지. 어쩌면 영영 못 찾을 수도 있고. 어쨌든 지금은 못 찾아."

나는 양말을 신고, 바지를 입었다. 그리고 따뜻한 스웨터를 입었다. 계단에서 삐걱거리는 소리가 났다. 나는 계속 걸었다.

우리 집이 낡아서 어디를 가든 소리가 나는 게 처음으로 좋게 생각되었다. 그것 때문에 집 안이 너무 조용하지 않아 내가 혼자가 아닌 것처럼 느껴졌다. 빅은 쿨쿨 잤다. 내가 침대에서 일어날 때도 깨지 않았다.

엄마도 깊이 잠들었다. 엄마의 느린 숨소리가 들렸다. 그 소리를 듣자 엄마가 잠을 자면서 나와 이야기를 하기라도 하는 것처럼 마음이 편안해졌다.

엄마를 깨워야한다고 생각했다. 전부 말해줘야 한다. 모두 다. 엄마에게, 빅하고 내가 아이들을 가둬 놓았다고 말해야 한다. 엄마, 내가 가서 그 애들을 풀어 줘야 해요. 그렇게 말 하면 엄마가 다시 문제를 해결해 줄 거다. 아이들을 풀어 주 고, 그 애들의 집에도 전화를 걸어 줄 거다. 엄마는 오래 화 내지도 않을 거다.

방이 내 앞에서 빙그르르 돌았다. 나는 눈을 깜빡거렸다.

침대 가에 앉아, 자고 있는 엄마의 얼굴을 내려다보았다. 엄마의 숱이 많은 머리, 큰 땀구멍. 아주 긴 눈썹. 엄마의 목 에 코를 대고 냄새를 맡고 싶었지만 그렇게 하면 안 될 것 같 았다.

"엄마."

내가 조용히 엄마를 불렀다.

"엄마."

엄마가 살짝 깨어나는 것 같았다. 엄마가 나를 보고 빙그 레 웃었다.

"안녕, 딸."

엄마가 말하고는 등을 돌렸다.

"엄마, 내가 나쁜 짓을 했어요."

내가 조금 더 큰 소리로 말했다.

"괜찮아, 엄마가 해결해 줄게."

엄마가 잠결에 말했다.

"내일."

엄마의 숨소리가 다시 느려졌다. 엄마가 작은 소리로 코를 골았다.

엄마를 깨워야 한다. 불을 켜고 큰 소리로 말해야 한다. 그래서 엄마를 깨워 집중하게 해야 한다. 엄마가 나를 도와줘야 한다고 나와 그 애들을, 지금 당장.

나는 잠깐 생각에 잠겼다.

열쇠도 없다.

휙스트라 아저씨의 가게는 문을 닫았다.

쇠창살문은 닫혀 있다.

엄마는 새벽에 일어나야 한다.

애들이 그 안에서 다섯 시간쯤 더 있는다고 문제가 더 심각해질까?

지금 당장 우리가 할 수 있는 일이 과연 있을까?

불량배들은 벌써 가 버렸을 거다.

사방이 캄캄하니 열쇠는 절대 다시 찾지 못할 거다.

나는 내 방으로 다시 돌아갔다.

빅은 나한테 뭐라고 할까? 그 애는 분명히 화를 낼 거다.

난 내 침대로 갔다. 두꺼운 스웨터를 벗고, 바지와 양말도 벗었다. 그리고 침대에 누워 한숨을 내쉬었다.

몇 시간이 지나 난 다시 일어나 아래층 부엌으로 갔다. 불에 주전자를 올려놓고, 차를 만들었다. 엄마가 식탁에 쪽지를 붙여 놓았다.

'오늘 하루 잘 보내렴.'

엄마는 매일 아침 일찍 집에서 나간다. 그렇게 하면 하루 종일 일하고, 나를 위해 일찍 집으로 올 수 있다. 혹시 로리, 샘 그리고 렌의 부모도 지금쯤 부엌에 있을지도 모른다. 밤새 잠을 자지 못했을까? 아이들을 풀어 준 다음 걔네 엄마, 아빠에게 뭐라고 해야 하나? 죄송하다고? 그것으로 충분하지 않다. 어쩌면 그들이 나를 붙잡고, 막 때릴지도 모른다. 난 싸우는 게 싫다. 뜨거운 차를 조심스럽게 한 모금 마셨다. 창밖을 내다봤다. 아직 어두웠다. 많이.

학교로 갔다, 넬리 선생님에게로. 학교는 문이 닫혀 있고, 온통 조용하고, 어두웠다.

기다렸다. 넬리 선생님은 출근길에 나를 보고도 놀라워하지 않았다.

"안녕, 디지."

선생님이 기분 좋게 말했다.

"피구 연습하려고?"

내가 고개를 끄덕였다. 선생님이 문을 열어 주고, 디딤판으로 가서 뭔가 일을 조금 했다.

"준비됐어요."

내가 말하고는 공 잡을 자세를 잡았다. 선생님이 나를 마주 보고 서서 공을 던졌다. 이번에도 못 받았다. 공이 바닥에 떨어졌다.

"한 번 더!"

선생님이 말하고 공을 던졌다. 다시 실패했다.

"계속 해 보는 거야!"

선생님이 말했다. 선생님이 또 던졌는데, 또 못 받았다.

그렇게 열 번쯤 했다.

"정신 차려, 디지."

선생님이 말했다. 선생님이 공을 던지고, 다시 던지고, 또 던졌다. 그러다가 드디어 성공! 내가 공을 잡은 것이다. 어설펐지만 어쨌든 잡기는 잡았다, 어느 순간 갑자기! 내가 공을 높이 치켜들었다. 말할 수 없이 기뻤다.

그러나 금방 걱정이 몰려왔다.

샘, 렌, 로리.

그리고 빅.

나는 체육관에서 달려 나갔다.

"디지? 디지?"

선생님이 나를 불렀다. 그러나 난 계속 달렸다. 집에 가니 빅이 이제 막 잠에서 깬 모습을 하고 있었다. 그 애는 내게 아무것도 묻지 않았다.

우리는 터널로 갔다. 빅이 언제나처럼 빨리 걸었다. 나는 그 뒤에서 천천히 갔다.

애들 얼굴을 어떻게 볼까? 뭐라고 해야 하나? 다시 잘 해결

될 수 있을까? 애들이 나를 평생 미워해도 충분히 이해할 수 있을 것 같았다.

"얼른 와!"

빅이 말했다.

"너 어제부터 풀어 주자고 했잖아. 그런데 왜 그래?"

발걸음을 재촉하는데 갑자기 속이 메스꺼웠다.

로리, 렌, 샘이 서로 바짝 붙어 앉아 벌벌 떨고 있었다. 샘이 쉬지 않고 몸을 떨었다. 로리는 평소보다 얼굴색이 더 창백해 보였다. 눈 밑에 시커먼 그림자가 생겼고, 목은 바짝 추켜세운 어깨 사이에 파묻혔다. 렌은 바지에 젖은 얼룩이 있었다. 나는 어디를 바라봐야 할지 알 수 없었다.

"술 취한 불량배들은 왔다 갔냐?"

빅이 쇠창살 앞에서 깔깔대고 웃으며 물었다.

"너네한테 오줌이라도 싸대?"

샘이 울먹였다.

"우리 좀 풀어 줘."

그 애가 말했다.

"우리를 풀어 주려고 이렇게 온 거잖아. 여기서 굶어 죽게 하지는 않을 거라고 내가 계속 말했잖아."

로리가 낮은 목소리로 말했다.

우리는 열쇠를 찾았다. 어제 빅이 열쇠를 던졌을 때 있었던 장소로 가서 일단 섰다. 빅이 주머니를 뒤지더니 뭔가 꺼낸 다음 등을 숙이고는 손에 열쇠를 들고 일어섰다.

"짜잔!"

빅이 말했다.

이건 말도 안 된다고 난 생각했다. 열쇠를 버리지 않고, 주머니에 밤새 갖고 있었다니!

"장난친 거야."

그 애가 내게 말했다.

내 속에서 뭔가 부글부글 끓어올랐다. 정말 그럴 줄은 몰랐다.

샘이 간신히 일어섰다. 그 애가 다리를 덜덜 떨더니 로리에게 몸을 기댔다. 얼굴은 젖어 있고, 시커멨다.

빅이 자물통에 열쇠를 끼우기 전에 로리에게 말했다.

"앞으로 나한테 아비가일이라고 안 부르고, 말이라고도 안 하고, 트로이의 목마라고도 안 하겠다고 어서 약속해."

샘이 큰 소리를 내며 울었다.

"어서 애들 꺼내 줘!"

내가 나도 모르게 소리를 질렀다.

"뭐라고?"

빅이 내게 물었다.

내가 다시 소리를 질렀다.

빅이 묘한 미소를 지으며 있는 힘을 다해 열쇠를 던졌다.

"그럼, 네가 해."

빅이 말했다.

난 열쇠가 떨어졌을 만한 곳으로 얼른 달려갔다. 그쪽으로
달려가면서 생각했다. 아주 나쁜 애야. 정말로 못됐어. 왜 내
가 진즉 그것을 몰랐을까? 그 애는 다른 친구에 대해 한 번도
말한 적이 없었어. 친구가 있기는 한 걸까? 일부러 피아노를
듣기 싫게 쳤던 걸까?

난 무릎을 꿇고 주저앉아 눈을 부릅뜨고 열쇠를 찾았다.

"도와줘, 디지! 디지!"

로리가 소리쳤다.

애들은 축구장 밖에서 선수를 응원하듯이 내 이름을 외쳤

다. 샘과 렌도 소리쳤다.

"디지! 디지!"

열쇠가 보이지 않았다. 더 오른쪽으로 갔을까? 아니면 더 왼쪽? 더 멀리 갔을까? 아니면 더 가까이? 세상이 빙그르르 돌았다. 하지만 한곳에 시선을 집중해야만 했다.

빅이 내게로 다가왔다. 그 애의 큰 신발이 내 손 바로 앞에 서 멈춰 섰다.

"디지, 너 쟤들 정말로 풀어 주려고 하는 건 아니겠지?"

빅이 조용히 물었다.

"너는 나랑 한편이지, 쟤들이랑 한편이 아냐."

내 손이 부들부들 떨렸다.

"디지!"

아이들이 소리쳤다.

"우리는 의자매야."

빅이 말하고, 내 손 위에 신발을 얹었다. 손이 멍들겠다고 속으로 혼잣말을 했다.

"그렇게 하지 마. 나 그렇게 하는 거 싫어. 그냥 가자. 가서 계획을 더 세우자."

빅이 말했다.

난 계속 바닥만 내려보았다. 이제는 강하게 말해야 한다. 분명하게 말해야 한다. 아주 무서울 정도로 분명하게 말해야 한다. 그러나 내가 과연 할 수 있을까?

갑자기 넬리 선생님이 생각났다.

선생님은 늘 해 보라고 했다. 일단 그렇게 하면 될 거라고, 계속 연습하면 된다고. 성공하는 게 중요한 게 아니라 일단 해 보는 게 중요하다고 했다. 그건 맞는 말이었다. 나는 공을 받았다. 나도 할 수 있었다.

남자애들이 나를 기다리고 있었다.

"풀어 줘야 해. 이런 짓을 하면 안 돼."

내가 말했다.

빅이 갑자기 차갑게 웃고는 내 머리를 손으로 잡았다.

"너, 나를 곤란하게 할 거야? 네 생각만 하겠다고? 내 친구 하기 싫어? 우리는 이제 더 이상 친구가 아냐. 넌 내가 상관도 없지? 파리만도 못하지?"

그 애가 신발로 내 손을 짓눌렀다. 내 얼굴도 그 애가 손으로 눌러 난 숨도 쉬기 어려웠다. 내가 그 애를 손으로 확 밀어

냈다.

"네가 원해서 한 거잖아! 너 때문이잖아! 다 네 잘못이야. 쟤들이 너를 괴롭히니까 한번 손봐 줘야겠다고 네가 말했잖아. 모든 게 다 네 탓이라고 할 거야. 두고 봐!"

빅이 악을 썼다.

빅이 내 눈을 똑바로 바라보았다. 난 그 애에게서 눈을 떼고 다른 곳을 보려고 했지만 그 애가 하도 이상하게 보여 눈길을 돌릴 수가 없었다. 고수머리가 붙어 있는 풍선 같았다, 쇠로 된 풍선.

휙스트라 아저씨의 가게는 아직 닫혀 있었다. 그러나 가게 위층에 살림집으로 가서 아저씨의 집 초인종을 눌렀다. 잠시 기다리니 발소리가 났다. 문이 열렸다.

"누구요?"

휙스트라 아저씨가 층계참에서 내려다보고 물었다.

"안녕하세요, 아저씨! 저예요, 디지요."

내가 큰 소리로 말했다. 내 목소리가 약간 떨렸다.

"왜?"

휙스트라 아저씨가 물었다.

"저기……. 쇠톱 좀 빌려 주세요. 꼭 쓸 데가 있어서요."

휙스트라 아저씨가 천천히 계단을 내려왔다.

"대체 무슨 일이냐? 뭐가 그렇게 급해?"

아저씨가 채근하 듯 물었다.

"저기."

말을 꺼내려는데 전에 아저씨가 했던 말이 생각났다. 아저씨는 우리가 그것을 빌려가서 혹시라도 해서는 안 되는 짓을 하면 아저씨한테 보고하지 말라고 했다.

"말 못하겠어요."

내가 얼른 말했다.

휙스트라 아저씨가 엄한 표정으로 나를 내려다보았다.

"마음에 안 든다, 리지. 어른한테 장난치는 거냐? 그걸 갖다 어디에 쓰려고?"

"저기……. 정말로 말 못하겠어요."

내가 얼굴이 빨개지면서 말했다.

"일단 한번 해 봐."

아저씨가 조용히 말했다.

그 말에 내가 더 이상 참지 못하고 말을 꺼냈다.

"어제 우리가 남자 아이들을 가둬 놓았어요. 그 애들이 밤새 갇혀 있어서 그 애들 집에서 부모들이 걱정을 많이 할 거예요. 아이들도 상태가 별로 안 좋아 보여요……. 그래서 애들을 풀어 줘야 하는데 자물통은 잠겨 있고, 빅이 열쇠를 버렸어요. 그래서 쇠톱이 꼭 필요해요."

휙스트라 아저씨가 내 눈을 똑바로 바라보았다. 난 그게 싫었지만 눈을 다른 곳으로 돌리지 못해 가만히 있었다. 아저씨가 내 말을 믿지 않는다고 난 속으로 생각했다. 충분히 그럴 수 있을 것 같았다. 내가 직접 그 짓을 하지 않았다면 나도 믿지 못했을 거다.

나는 고개를 푹 숙이고 풀 죽은 목소리로 다시 말했다.

"쇠톱이 꼭 필요해요."

"내가 너를 벌써 오래 전부터 알고 있어서 봐주는 거야……."

그런 다음 아저씨가 내 손에 쇠톱을 쥐어 주고 말했다.

"반드시 다시 갖고 와야 해!"

"금방 갖고 올게요!"

나는 달려갔다. 얼른, 어서 빨리 자물통을 잘라야 했다. 이제는 다시 모든 것을 제자리로 돌려놓을 수 있을 것 같았다.
그럼 용서받고, 잊어버릴 수도 있을 거다.

　나는 터널 근처에 혹시 빅이 있는지 주변을 살폈다. 안 보
였다.

　"좋아. 잘했어. 이제야 제정신이 들었구나."

　로리가 말했다.

　내가 톱질을 시작했다.

　"더 빨리!"

　로리가 말했다.

　"어서!"

　있는 힘을 다해 최선을 다했지만 일이 그렇게 쉽지는 않았
다. 쇠톱이 자꾸 미끄러졌다. 톱질을 하는 사이사이 계속 주
변을 살폈다.

　"걔 안 왔어."

　로리가 내게 말했다.

　"일에만 집중해. 그 애가 다시 올지도 모르잖아. 어서 우리
를 풀어줘야지."

　내가 다시 톱을 갖다 대고 톱질을 했다. 눈을 감고, 이를 악

물고, 입을 굳게 닫은 채. 그만 포기하려고 하는데 뚝 끊어지는 소리가 났다. 자물통이 두 동강 났다.

아이들이 실눈을 뜬 채 터널 밖으로 나왔다.

샘과 렌이 밖으로 나오자마자 뛰기 시작했다.

"걘 미쳤어! 완전히 돌았다고!"

로리가 큰 소리로 한마디 하고는 역시 뛰어갔다.

나는 거의 숨도 안 쉬고 달렸다. 계속 쉬지 않고 달렸다. 집에
도착해 얼른 엄마에게 전화를 걸었다.

"엄마!"

엄마가 전화를 받자마자 나는 울음부터 터뜨렸다.

"엄마, 얼른 집으로 와 주세요. 지금 당장!"

"무슨 일이니? 어젯밤에도 무슨 일이 있었던 것 같던데."

엄마가 말했다.

"무서워 죽겠어요."

나는 큰 소리로 훌쩍였다. 내가 한참 동안 울도록 엄마는

기다리면서 조용한 목소리로 나를 계속 달래 주었다. 나는 마침내 흥분을 가라앉히고 엄마한테 자초지종을 털어놓았다.

울기도 하고 속삭이기도 하면서 결국 다 이야기했다. 엄마는 오랫동안 아무 말도 하지 않았다.

"믿을 수 없는 일이 일어났구나."

엄마가 말했다. 그리고 조용히 이어서 말했다.

"엄마가 갈게. 멀어서 시간은 조금 걸릴 거야. 그렇지만 엄마가 금방 갈게. 지금 당장."

초인종 소리가 났다. 시끄러운 소리가 오랫동안 조용한 집 안에 울려 퍼졌다.

문을 열면 안 된다고 생각했다.

초인종 소리가 잠시 쉬더니 다시 울렸다.

신경 쓰지 말라고 빈 집에서 내가 큰 소리로 나 자신한테 말했다.

난 2층으로 올라갔다.

초인종 소리가 끊이지 않았다. 나는 방으로 가서 침대에 앉았다. 그리고 이불을 뒤집어썼다. 초인종 소리가 계속 났다. 일어나 커튼을 쳤다.

"너 집에 있지?"

로리의 아빠가 외치는 소리가 들렸다.

"너 집에 있는 줄 내가 다 알아!"

나는 귀를 막았다.

"여보세요! 디지! 디지! 어서 문 열어! 너하고 말 좀 해야겠어!"

로리의 아빠가 다시 소리쳤다.

나는 침대에 앉아 가만히 있었다.

"다른 사람들은 벌써 경찰서로 갔어. 하지만 난 먼저 너하고 이야기를 하려고 온 거야!"

기다릴 수 있다고 혼잣말을 했다. 나는 얼마든지 기다릴 수 있다. 이제는 기다려야만 한다. 엄마가 올 때까지. 엄마가 오면 다시 다 괜찮아질 거다.

그러나 마음속에서 다른 목소리가 내게 말했다. 다시 괜찮아지지 않을 거야. 어떻게 이 모든 일이 괜찮아질 수 있어? 애들이 다 자기 집으로 가서 무슨 일이 있었는지 부모한테 말해 주었을 거야. 다들 경찰서로 갔어. 로리의 아빠는 내 설명을 듣고 싶어서 찾아온 거야.

그에게 둘러댈 말이 없었다.

빅이 내 친구라는 말, 아니 전에 친구였다는 말과 우리가 함께 계획을 실천했다는 것만 그에게 말해 줄 수 있을 뿐이었다. 그렇지만 빅은 계획도 내가 혼자 세운 거라고 말할 게 뻔했다. 그 애가 하는 말이 내 말과 맞지 않는 거다. 그 애는 나보다 말도 잘하고, 많이 하고, 더 큰 소리로 말할 거다. 그 래서 사람들은 그 애의 말을 믿고, 나를 미워하게 될 것 같다.

초인종 소리가 계속 났다, 쉬지도 않고.

침대에서 이불을 뒤집어쓴 채 앉아 눈을 감았다. 나는 거기 없다고 생각하기로 했다. 더 이상 있고 싶지 않았다. 도대체 무슨 생각을 하고 있는 게 좋을까?

눈을 더 질끈 감았다. 그러자 빅이 보였다. 그 애가 화난 얼굴로 나를 쏘아보았다.

눈을 다시 떴다. 볼에 눈물이 흘러내렸다.

눈을 뜨고 있어야 된다고 생각했다. 눈을 감는 게 더 안 좋았다.

"디지!"

로리의 아빠가 밖에서 소리쳤다.

"디지, 문 열어!"

나는 벽에 등을 기대고, 신음 소리를 내뱉었다. 심장이 거칠게 뛰었다. 이제 어떻게 해야 하나? 탈출구가 과연 있을까?

"리지? 리지! 무슨 일이지?"

누군가 내 어깨를 잡았다. 나는 화를 내며 그 손을 뿌리쳤다.

덱스트라 형사였다. 그녀가 걱정스러운 얼굴로 나를 바라
보았다.

"화장실에 가야 해요."

내가 말했다. 그곳에 있는 동안 화장실에 갈 생각이 전혀
없는 것처럼 해 보이느라 참고 계속 가만히 있었다. 그러나
이제는 더 이상 참기 어려웠다. 이제는 말을 그만해야 한다.
시계가 등 뒤에서 끊임없이 가고 있다. 말을 그만 멈추기로

했다.

아랫배에서 눌리고, 아프고, 콕콕 찌르는 느낌이 났다. 숨을 깊이 들이마시면 폭발할 것 같았다.

"얼른 가야 해요! 급해요!"

내가 말했다.

복도에서 땀 냄새가 났다. 땀과 담배 냄새.

덱스트라 형사가 옆에 바짝 붙어가면서 내 팔뚝을 살짝 잡았다. 나는 팔을 얼른 뺐다. 하필이면 아픈 곳을 그녀가 잡았기 때문이다. 그러다가 내 팔에 있는 얼룩을 덱스트라 형사한테 들켰다.

"어머나, 이거 내가 그런 거니?"

그녀가 깜짝 놀라며 물었다.

그렇다고 말하고 싶었지만 "아니오"라고 대답했다.

"그럼 누가?"

그녀가 물었다.

아무 말도 하지 않았다.

그녀가 이 사이로 휘파람 소리를 내고, 눈썹을 치켜 올렸다.

"아주 심한데?"

"그 애는 왔어요?"

내가 물었다.

화장실 앞에서 덱스트라 형사가 걸음을 멈췄다.

"들어가. 난 복도에서 기다릴게."

그녀가 말했다.

일을 끝낸 다음 세면대에서 손을 씻었다. 그런데 세면대가 너무 작아 물이 사방으로 튀었고, 뿌연 녹색 바닥에도 튀었다.

이야기를 너무 많이 하고 있는 것은 아닌가? 나는 속으로 생각했다.

우리는 끈적거리는 복도로 다시 나왔다. 어디선가 누군가 공포에 질렸는지 다급해하며 비명을 지르는 소리가 들렸다. 우리는 조사실로 다시 들어갔다.

"아직 할 일이 조금 더 남았어."

덱스트라 형사가 말했다. 그녀의 눈이 촉촉하게 반짝였다.

"너희들이 터널 입구를 자물쇠로 막은 게 처음에는 장난이었다고 엄마가 말하던데. 계속하다 보니 어쩌다 장난이 아니게 되었다고. 거기 갇혀 있었던 애들은 터널 안에서 무서워 벌벌 떨었다고 하더라."

그녀가 눈을 치켜뜨며 나를 슬쩍 쳐다보았다.

"그 마음은 이해가 되니? 걔네들, 정말 무서웠다고 했어."

"나도 무서웠어요."

내가 말했다.

"로리의 아빠가 엄청 크게 소리를 막 질렀어요. 나도 너무 무서워 벌벌 떨면서 엄마가 올 때까지 기다렸어요."

나는 벽을 한 번 슬쩍 쳐다보며 말했다.

"아주 자세하게 말해도 돼요?"

"그럼 더 좋지."

덱스트라 형사가 말했다.

엄마가 말했다.

"일단 빅의 집으로 가지요. 왜 이런 일이 생겼는지 걔한테 설명해 보라고 하는 게 좋겠어요. 그 애의 아빠도 이 일에 대해 알아야죠. 그 분은 일이 바빠서 딸이 하루 종일 뭘 하고 지내는지 알지도 못하는 것 같은데."

로리의 아빠가 웃었다. 묘한 웃음이었다.

"애 아빠를 직접 만나 본 적 있으세요? 일도 안 하고, 날마다 술집 '구름'에 가서 하루 종일 죽치고 앉아 있는 사람이에요. 완전히 맛이 갔지요. 그 사람하고 딸이 서로 말을 한마디도 안 하고 산답디다. 아빠라는 사람은 아침마다 직장에 가는 것처럼 집에서 나오고, 그 집 딸은 그것을 믿는 것처럼 해 보인 거죠. 사실, 아주 딱한 일이에요."

"아니에요. 걔네 아빠는 정부 기관에서 일한다고 했어요. 특급 비밀이랬어요."

내가 말했다.

빅의 집에 갔을 때 그 애가 피아노 앞에 앉아서 했던 말을 나는 생생하게 기억하고 있었다. 그 말을 할 때 그 애는 신나는 곡을 연주했다. 그런 다음 자기 대본 연습하는 것을 봐 달라고 나를 집에 가지 못하게 붙잡았다.

로리의 아빠가 고개를 절래절래 저은 다음 말했다.

"그 사람, 참 불쌍한 사람이에요. 딸내미 때문에 계속 집을 옮겨 다니고 있대요. 자꾸 이사를 다녀야 하니 애 아버지도 아주 힘들어하더군요."

"왜 그렇게 자꾸 이사를 다녔는데요? 그 애가 무슨 짓을 했는데요?"

나는 궁금해서 묻기는 했지만 대답을 듣고 싶지는 않았다.

"그 애가 그 동안 저지르고 다닌 일이 엄청 많아. 소란을 피운 죄, 협박, 도난, 신체 상해…… . 항상 새로운 죄목이더군. 시간이 조금만 지나면 동네에 그 애와 안 싸운 사람이 없을 정도이니 결국 이사를 가게 된 거지."

엄마가 내 팔을 꼭 붙잡고 말했다.

"어서 가 보자."

하얀 집의 창문들이 다 열려 있었다. 커튼도 창문마다 올려져 있어서 우리는 집안을 훤히 들여다볼 수 있었다. 문이 금방 활짝 열렸다. 문 뒤에 빅이 서서 웃고 있었다.

"아니, 이게 웬일이야. 손님들이 오셨네?"

그 애가 손에 콜라 병을 든 채 말했다.

"우린 놀러 온 게 아냐, 못된 것 같으니라고!"

로리의 아빠가 말했다.

"못된 것이라고요?"

"우리가 지난밤에 얼마나 걱정을 했는지 알아? 그 심정을 알기나 알아?"

로리의 아빠가 화를 내며 물었다.

빅이 까르르 웃었다. 그 애는 깔깔대고 신나게 웃어젖혔다.

"그만 웃지 못 해?"

로리의 아빠가 화를 벌컥 내며 소리쳤다.

"재미로 장난친 거예요."

그 애가 말했다.

로리의 아빠가 그 애에게 한 발 가까이 다가가 바로 앞에 붙어 섰다. 그 애의 키가 더 컸다.

"너 재미가 뭔지 내가 가르쳐 줄까?"

로리의 아빠가 물었다.

빅이 웃음을 안 그치고 계속 웃었다.

"이런…… 이런…… 건방지고, 못돼 먹은……."

로리의 아빠가 빅의 멱살을 움켜 잡았다.

엄마가 깜짝 놀라 로리 아빠의 팔을 잡아당겨 빅에게서 떼어놓았다.

"흠, 저한테 이렇게 하셔도 돼요? 그럼 안 돼요, 아저씨. 제가 아저씨 고발할 거예요. 아동 학대죄로."

"난 널 무슨 명목으로 고발할지 알기나 하고 그 따위 말을 하는 거냐? 넌 납치에 감금죄야!"

"그렇다면 얘가 감옥에 들어가겠네요. 아저씨를 봐서 그렇게 되기를 바랄게요."

빅이 나를 가리켰다.

나는 얼굴이 달아올랐다. 로리의 아빠가 그 애의 멱살을 다시 잡으려고 했다. 엄마가 다행히 먼저 알고 말렸다.

"다, 저 애가 생각해 낸 거예요. 이 거지 같은 동네에 무슨 일이 일어나든 나하고는 아무 상관없는 일이에요. 여기를 곧 다시 뜰 거니까요. 하지만 쟤는……."

빅이 나를 가리켰다.

"쟤는 몇 년째 애들한테 놀림 받고, 비웃음 당하고, 무시당했는데, 이제 모처럼 복수할 기회를 잡았던 거예요. 난 그 정도까지 할 생각은 없었어요. 아무리 생각해도 너무 심한 것 같아서 못하겠더라고요. 그런데 쟤가 하도 졸라서 하는 수 없이……. 얼마나 졸랐다고요! 그동안 맺힌 게 많아서 이번

만큼은 꼭 복수를 하려는 거라고 생각했지요. 이때가 아니면 기회가 없겠더라고요."

"거짓말!"

내가 소리쳤다.

빅이 콜라병에 입을 대고 한 모금 마시고는 내가 한 말을 못 들은 체하고 말을 계속했다.

"그런데 저한테 와서 왜들 이러시는 거예요? 저 때문이라고요? 제가 여기 토박이가 아니라고 이러시는 거죠? 전부 다 저 애가 꾸며서 일어난 일이에요. 전, 같이 행동한 죄밖에 없어요. 저 애 잘못이에요. 전부 다요."

"못된 것."

엄마가 말했다.

"난 너희가 친구인 줄 알았는데."

"저런 바보 같은 애랑 친구할 애가 세상에 어디 있어요?"

빅이 한심하다는 듯이 말했다.

"그만 가자."

엄마가 차가운 표정으로 말했다.

나는 엄마를 따라갔다. 가다가 뒤를 돌아보았다. 빅이 꼼짝 않고 가만히 서 있더니 천천히 손을 높이 들었다. 그리고 흔들었다. 빅이 내게 손을 흔든 것이다!

나도 모르게 뒤로 돌아 서너 발 되돌아갔다. 그러다가 걸음을 멈추고, 나는 다시 뒤로 돌았다.

"그게 전부예요."

내가 덱스트라 형사에게 말하고, 조사실 안을 한 바퀴 둘러본 다음 말했다.

"이제 그만 가도 돼요? 이제 다 아시잖아요."

"왜 그렇게 했니?"

덱스트라 형사가 물었다.

"왜 다른 사람에게 사정을 털어놓지 않은 거야?"

난 숨을 깊이 들이마셨다. 덱스트라 형사가 내 맞은편에 앉았다. 그녀가 날 쳐다보지 않은 채 볼펜을 들어 입에 넣고 질겅거렸다. 우리 앞에 놓여 있는 책상은 깔끔하지도 않고, 지저분하지도 않았지만 그녀는 물건이 어디에 있는지 잘 알고 있는 듯 보였다.

덱스트라 형사가 나를 바라보았다. 잠시, 나는 그녀의 눈을 마주 보았다.

"모르겠어요."

조사실 밖이 갑자기 어수선해졌다. 책상이 급히 움직이는
소리가 나고, 의자가 넘어지는 소리도 났다.

"나한테는 별로 재미없는 일이었어요, 하지만 그 애에게
는……."

복도가 점점 더 소란스러워졌다. 사람들이 이리 저리 달려
가고, 문을 쾅쾅 여닫고, 큰 소리를 내며 분주히 움직였다. 잠
시 후 조사실 문이 덜컥 열리더니 더크 형사가 들어왔다.

"끔찍한 사건이 벌어졌어요."

그가 말했다.

빅에게 문제가 생겼다는 것을 나는 그 즉시 알았다.

"빅에게요?"

그래도 확인해보려고 내가 물었다.

더크 형사가 고개를 끄덕였다. 그가 헛기침을 잠시 했다.

빅의 모습이 눈앞에 그려졌다. 피범벅이 된 채 병원에 있
는 모습이었다.

"많이 안 좋아요?"

내가 다시 물었다.

더크 형사가 고개를 끄덕였다.

빅이 병원에 누워 있고, 누군가 그 애의 얼굴 위로 침대보를 덮는 상상이 되었다. 나는 숨을 거칠게 몰아쉬었다.

"아비가일이 오늘 아침에, 연극반 선생님을 이상한 칼로 찔렀어."

더크 형사가 했다.

"단검으로."

그가 나를 똑바로 바라보며 말했다.

"선생님은 현재 병원으로 실려 갔어. 생명이 위독한 상태지. 아비가일이 여기로 압송되어 이제 막 도착했다."

나는 깊고, 검은 구멍에 뚝 떨어지는 것 같았다. 그 순간 밀가루 자루가 계단에서 굴러 떨어지듯 나는 바닥에 꽈당 쓰러졌다.

17

"리지! 리지!"

눈이 부셨다.

"딸!"

엄마가 말했다. 엄마가 나를 안아주었다. 엄마의 목에서
따뜻하고, 좋은 냄새가 났다.

"이제 괜찮니?"

더크 형사가 물었다.

"네, 괜찮은 것 같아요."

내가 말했다.

"여기 물 있어."

엄마가 말했다. 엄마가 내게서 팔을 풀고 말했다.

"나도 물 좀 마셔야겠다. 다리가 후들거려서. 라디오에서 소식 듣고 즉시 달려왔어. 믿을 수 없는 일이야. 더구나 네 단검으로 그렇게 하다니……. 경찰 발표는 그렇던데……."

내 단검…….

내가 빅에게 단검을 건넸다. 그 애는 칼날로 손가락을 조용히 문질렀다.

"그거 아주 날카로워!"라고 내가 말했다.

그러나 그 순간 빅의 손가락은 이미 뺐다. 칼날에 피가 묻어 있었다. 그 애는 손가락으로 칼날을 다시 훑자, 피가 더 많이 나왔다.

"피 나오잖아"라고 내가 말했다.

"나도 알아."

그 애가 조용히 말했다. 그리고 눈썹 하나 까딱이지 않은 채 손가락으로 칼날을 다시 훑었다.

"얼마나 날카로운지 아무것도 느끼지 못할 정도야."

그 애는 꿈을 꾸는 것 같은 얼굴로 피가 나오는 손가락을
바라봤다.

"리지, 딸! 내 말 들리니?"

엄마가 물었다.

나는 물을 한 모금 마셨다.

"첫 수업 시간 전에 그랬다는군요. 교내 식당에 사람들이
꽤 많았대요."

더크 형사가 말했다.

"그 선생님은 평상시처럼 몇몇 아이들과 커피를 마시는
중이었어요. 교무실에서 서성이는 것보다 그게 더 좋아서 자
주 그렇게 했다는군요. 그런데 아비가일이 이상한 칼을 손에
들고 교내 식당에 들어와 그를 보자마자 배를 찌른 거예요.
워낙 일이 순식간에 일어나 아무도 말리지 못했던 거지요."

"빅이 그 선생님한테 불만이 많았어요."

내가 말했다.

"그렇다고 사람을 칼로 찌르면 안 되지."

엄마가 말했다.

"당연히 안 되지요."

내가 말했다.

"선생님이 그 자리에서 쓰러졌어요."

더크 형사가 말을 계속했다.

"다행히 관리인이 냉정하게 대처를 잘 했더라고요. 그 사람이 아비가일을 붙잡고, 119에 전화를 걸게 했대요. 내가 직접 나가 그 애를 체포했지요. 다른 사건 때문에 어차피 그 애를 만나야 했으니까요."

더크 형사가 한숨을 길게 내쉬었다.

"선생님은 지금 중환자실에 있어요. 상태가 꽤 안 좋아요. 다행히 산소 호흡기로 숨은 쉴 수 있어서 내 말을 들을 수 있었어요. 하지만 선생님은 위독해서 말을 잘 못하더군요."

모두 침묵했다. 시계 가는 소리만 들렸다.

"그 선생님한테 아내도 있고, 자녀도 둘이나 있대요. 라디오에서 그렇게 들었어요."

엄마가 말했다.

나는 그 자리에 있고 싶지 않았다. 그 모든 이야기를 듣고 싶지 않았다.

시계 소리에 귀를 기울였다.

　시계 바늘 돌아가는 소리가 작은 방에서 크게 울렸다. 스물하나, 스물둘, 스물셋.

　"그 애가 네 단검으로 그런 짓을 했다니……."

　엄마가 할 말을 잃고 말을 중간에 끊었다.

　"아마 그랬던 것 같네요."

　덱스트라 형사가 말했다.

　"우리가 좀 더 조사해 보겠습니다."

　더크 형사가 말했다.

　엄마가 고개를 끄덕였다.

　"누가 조사를 하겠다고 해서 제 열쇠를 넘겼어요. 빅이 우리 집에서 자고 가던 날 그것을 가지고 갔을 거예요. 그렇다면 미리 계획을 세워 둔 범행이라고 할 수 있죠."

　"그럴 수도 있겠네요."

　더크 형사가 말했다.

　"사람들이 '죽여 버릴 거야'라는 말을 흔히 하기는 하지만 실제로 그 짓을 하는 사람은 별로 없지요."

엄마가 말했다.

방 안이 빙그르르 돌았다.

"그 애는 체포당할 때 아무 저항도 하지 않았어요. 말없이 따라왔지요."

더크 형사가 말했다.

"이제 그 애랑 이야기 좀 나눠 봐야겠어요."

그가 돌아서서 나가려고 하더니 문틀에 등을 기댄 채 걸음을 멈춰 섰다.

"좀 이상한 일이었어. 교내 식당에 사람들이 많았는데 관리인이 붙잡았을 때도 그 애는 마치 자기 혼자만 있는 것처럼 생각하는 것 같더래. 완전히 자기 혼자만 있는 것처럼 했다는 거지. 그 애는 바닥을 바라보고 아무 말도 하지 않았대. 아무 짓도 하지 않았고. 팔은 축 늘어뜨리고. 슬픔에 잠긴 뚱뚱한 소녀의 모습이었겠지. 그런 그 애를 보고 방금 전에 사람을 찌른 사람이라는 생각을 아무도 못했을 거라는 거야."

나는 침을 꼴깍 삼켰다. 목에 뭔가 덩어리가 걸리는 느낌이 났다.

더크 형사가 밖으로 나갔다.

침을 삼켰지만 목에 뭔가 있는 것 같은 느낌은 계속 남았다.

엄마와 난 밖으로 나갔다. 비가 내렸다. 엄마가 앞장서서 빠른 걸음으로 먼저 갔다.

그때 누군가 우리 쪽으로 다가왔다. 목에 카메라를 매고 있는 사람이었다.

"얼른."

엄마가 말했다.

"빨리 타!"

엄마가 문을 열려고 하다가 열쇠를 떨어뜨렸다.

카메라를 들고 있던 남자가 큰 소리로 말했다.

"학생, 질문 좀 할까? 학생이 오늘 선생님을 칼로 찌른 애하고 친구 사이지?"

엄마가 열쇠를 주워 열쇠 구멍에 넣었다.

"저리 가세요!"

엄마가 짜증을 내며 말했다.

우리는 차에 올라탔고, 엄마가 바퀴에서 소리를 내며 급출발했다. 거리는 비가 와서 반짝거렸다. 유리창이 뿌얬다. 내가 창문용 스펀지를 찾아 들고 창에 서린 안개를 닦아 냈다. 그리고 팔을 길게 뻗어 뒤 창문도 손이 닿는 데까지 닦았다.

차가 붐비는 도로로 진입했다. 차 안이 조용했다. 우리는 아무 말도 안 했다. 엄마가 아랫입술을 질겅대다가 한참만에 물었다.

"기분이 어떠니?"

나는 머리를 흔들었다. 마치 마취에 걸려 있었던 것 같았다. 아무 느낌이 없었다. 연기가 모락모락 피어나는 아주 두꺼운 거위 털 이불을 덮고 있었던 것 같은 기분이었다.

"모르겠어요. 내가 늘 서 있던 풀밭으로 가서 서 있고 싶다는 생각밖에 안 나요."

교통 신호를 기다려야만 했다. 자전거를 타고 가던 사람이 우리 자동차 옆에서 왔다 갔다 하다가 손을 차 지붕 위에 얹었다. 나는 나도 모르게 고개를 숙였다. 그 손을 내 머리 위에서 치우고 싶었다. 엄마가 보조석 앞 물건 보관함에서 뭔가 꺼내 내게 통째로 건넸다. 사탕이었다. 나는 오랫동안 빨아 먹어야 할 사탕을 엄마한테 두 개 건네고, 나도 두 개 먹었다.

신호등이 녹색으로 바뀌자, 엄마가 가속 페달을 밟았다. 차가 계속 앞으로 갔다. 편도 이차선, 편도 삼차선, 편도 이차선, 편도 일차선.

비가 그쳤다.

눈에 익은 동네 모습이 창문 밖으로 보였다. 우리 마을이었다. 교회, 광장, 슈퍼마켓. 엄마가 저녁에 한 시간에 한 대씩 다니는 버스한테 길을 양보하려고 차를 멈췄다.

"엄마, 나 여기에서 내릴래요."

내가 말했다.

엄마가 고개를 끄덕였다.

"그래, 좀 걷고 싶니?"

나는 차에서 내려 문을 닫고 버스 정류장으로 갔다. 그런 다음 전봇대에 등을 기댄 채 기다렸다. 서서 구경했다. 전봇대에 몸을 기댄 채. 아주 오랫동안.

지금

그런 일이 있고 1년이 지났는데 빅이 내게 편지를 보내온 것이다.

보고 싶은 디지에게

요즘은 어떻게 지내?

여기 있는 사람들이 너를 최소한 1년 동안 귀찮게 하지 말라고 하더라. 그래서 그렇게 했어.

또 사람들은 내가 1년이 지나도 여전히 같은 생각이라면 그때 네게 편지를 보내도 좋다고 했어.

그래서 여기 이렇게 편지를 쓰는 거야.

내가 지난 1년간 계속 생각해 왔던 것은 너를 보게 되면 무척 반가울 거라는 거야.

나를 한번 찾아와 줄래? 그럼 너무너무 반가울 거야. 우린 피를 나눈 의자매잖아.

이렇게 난 하고 싶은 말을 편지에 적었어.

네가 내게 답장을 써 줄지, 아니면 아예 네가 직접 찾아오는 선물을 안 겨 줄지 궁금하다.

안녕, 빅.

"왜?"

엄마가 물었다.

"도대체 그 애가 왜 너한테 편지를 보내는 걸까? 이제 겨 우 그럭저럭 잘 지내게 되었는데 말이야."

나는 곰곰이 생각했다.

내가 과연 잘 지내고 있는 걸까? 나도 모른다. 정말 모르겠 다. 매일 밤 벌떡 일어나거나, 깜짝 놀라며 잠이 깨는 사람을 과연 잘 지내고 있다고 말할 수 있는 걸까? 날마다 그 때의 일 을 생각하고 있는 사람이 잘 지내고 있는 걸까?

다행히 그 선생님은 그 사이 회복되었다. 사건 후 2주만에 의식을 되찾았고, 뇌 손상도 입지 않았다.

그러나 다시 교단에는 서지 못하게 되었다.

빅은 사건에 대해 아무 말도 쓰지 않았다, 단 한 마디의 말도. 그 애는 그것에 대해 더 이상 아무 말도 하지 않고 있다.

그리고 나는……. 이제는 사건 후 바로 느꼈던 것과 조금 다르게 모든 것을 느끼고 있다. 예민하고, 고통스러워하는 것도 나아졌다. 그러나 고통이 완전히 없어진 것은 아니다. 모든 것이 변했다. 아주 많이.

"내가 잘 지내고 있는 건지 난 모르겠어요."

내가 말했다.

"내 생각에는, 넌 잘 지내고 있어."

엄마가 말했다.

"이제는 네가 많은 것을 더 잘 이해할 수 있게 되었잖아."

내가 고개를 끄덕였다. 그것은 맞는 말이다. 학교에서도 그렇게 보고 있다. '이해력이 더 좋아졌음'이라고 최근 가정 통신문에 적혀 있었다.

더 많은 변화가 있었다. 이제는 내가 사물을 똑바로 보는 것과 "끝."이라는 말도 더 잘한다. 이제는 다른 사람이 잘 알지도 못하고, 들여다볼 수도 없기 때문에 내가 머릿속으로 무슨 생각을 하는지 말로 표현해야 한다는 것도 알게 되었다.

전처럼 걸핏하면 화를 내지도 않는다. 그 이유는 무엇일까? 그 날보다 더 안 좋은 일이 내게 일어나지는 않으리라는 생각이 들었기 때문이다. 혹시 그런 일이 생겼더라도 어쨌든 그 일이 벌어졌던 날로부터 점점 멀어지고 있다는 것을 알게 되었다.

시간이 많은 도움이 된다. 사람들은 그 사실을 믿지 않기 때문에 확실하게 느끼지는 못한다. 그러나 사실이다.

로리하고도 일이 조금 있었다. 사건이 일어난 지 일주일 후에 로리가 내게로 왔다. 난 전봇대에 기댄 채 서 있었다. 그 애가 내 앞에 서서 나를 바라보았고, 난 그의 머리 위를 바라보았다. 그 애가 내 손에 공을 쥐어 주었다.

"디지가 술래한대."

그 애가 다른 애들을 행해 소리쳤다. 난 둥그런 원형 모양의 한가운데 섰다. 로리가 내 앞에 바짝 서서 저음으로 작게 말했다.

"어서 던져!"

난 공을 든 채 가만히 있었다.

천천히 그리고 작은 소리로 로리가 말했다.

"디지, 던져!"

그런 다음 샘과 렌도 말했다.

"디지, 던져!"

내가 로리를 맞췄다. 내가 그를 맞추다니! 그러자 로리가 가운데 서서 렌을 맞췄다. 나도 그 애들과 같이 놀았다. 딱 한 번이었지만 그래도 기분은……

가끔 그 세 아이들은 가분이 안 좋아서 바보 같은 장난을 치고 싶으면 나를 "바보!"라고 부른다. 그러나 그 애들은 로리더러 가끔 '시체'라고 부를 때도 있다. 그 애의 얼굴이 항상 창백하기 때문이다.

"난 이만 가게에 가 볼게."

엄마가 말했다.

"원하면 가게에 언제라도 와도 좋아."

내가 고개를 끄덕였다.

"딸, 그렇게 할 거지?"

엄마가 물었다.

내가 고개를 끄덕였다.

"그렇게 할게요."

작년에 횔스트라 아저씨가 갑자기 죽었다, 잠을 자다가. 어느 날 가게가 문을 닫았다. 그래서 사람들이 궁금해 하다가 문을 두드려도 아저씨가 문을 안 열었다. 그는 침대에 시체로 누워 있었다.

엄마가 그 가게를 샀다. 난 엄마가 그런 일을 하고 싶어 하는 줄 몰랐는데 엄마는 직접 가게를 운영하게 돼 무척 즐거워한다. 우리 집에서 가까워서 난 원할 때면 언제라도 가게에 들를 수 있다. 실제로도 그렇게 하고 있다.

장사가 제법 잘된다. 엄마가 가게 안을 바꾸었고, 모든 것을 선명한 색으로 칠해 주었다. 2층에 있는 살림집은 자식이 없는 부부에게 세를 놓았다. 그리고 나한테는 최신형 자전거를 선물해 주었다.

밖으로 나가려던 엄마가 뒤로 돌아섰다.

"갈 거니?"

엄마가 물었다.

"어디를요?"

내가 말했다.

"그 애한테 갈 거야?"

"우리는 친구였어요."

내가 머뭇대며 말했다.

"어쨌든 친구이기는 했지요."

"그거야 그랬지. 그 애랑 친구로 지내는 것 좋았니?"

엄마가 물었다.

"아니오. 안 좋았어요. 대개는 좋지 않았어요."

난 곰곰이 생각했다.

그 애에게 내가 대체 왜 가나? 가서 무슨 말을 하나?

"안 갈래요."

내가 엄마한테 말했다.

"끝."

직진은 아무것도 아니다.

딸이 오늘 운전면허를 땄다. 나도 모르게 처음 운전을 배웠던 30년 전의 일이 머릿속에 불현듯 떠올랐다.

차를 몰고 처음 도로로 나와 주행하던 기억을 떠올리면 아직도 머리끝이 쭈뼛거린다. 방향을 바꿀 필요도 없는 길을 똑바로 질주하는 것은 그리 어려운 일이 아니었다. 항상 문제는 방향을 꺾기 위해 차선을 바꿔야 하거나 막다른 골목에서 뒤로 후진을 해야 하는 경우였다. 그럴 때는 진땀이 저절로 손에서 배어 나왔다. 그러나 그런 두려운 일도 사람의 마음

결을 살피고, 상대에게 익숙해지고, 친밀해지는 과정의 어려움에 비하면 아무것도 아니다.

세상 사람들을 좋은 사람과 나쁜 사람으로만 분류하는 것은, 모든 길이 직진으로만 달려도 목적지에 도착할 수 있는 상상의 세계를 머릿속에 그리는 것과 같다. 현실에서는 단편적인 면만 보고 한 사람을 어떤 사람이라고 단정 지을 수 없기 때문이다. 그래서 사람을 만나는 게 어려운 일이고, 친구를 사귀는 것은 더욱더 어려운 일이다.

좋은 친구는 어떤 사람이고, 나쁜 친구는 어떤 사람인가? 이것은 좋은 책은 어떤 책이고, 나쁜 책은 어떤 책이냐고 묻는 것과 비슷하다. 사람 사이의 관계에서 좋은 사람이란, 상대를 편안하고 즐겁게 해 줄 뿐만 아니라, 상대가 더 성장할 수 있도록 진심 어린 도움을 주고, 그 성장을 옆에서 지지해 주며 함께 커 나가는 사람이라고 할 수 있을 것이다.

다른 말로 표현하자면, 단순히 열량만 채워 주고 자극적인 맛만 내는 인스턴트 음식이 아니라, 맛은 심심한 듯 보이지만 몸에는 좋은 어머니의 밥과 같은 것이라고 할 수 있을 것이다.

혼자만의 세계에 갇혀 있던 디지, 그런 디지에게 친구와의 우정을 맛보게 해 준 빅, 그들이 나눈 우정은 어떤 것이었나? 과연 자기 자신의 욕구보다 상대에 대한 배려와 애정을 더 보여 준 우정이었다고 할 수 있을까?

좋은 책을 번역하는 것은 참 행복한 일이다. 네덜란드 청소년 문학상에서 가장 권위 있는 하우덴 흐뤼펠 상을 수상한 이 책을 통해 미레일러 회스의 작품을 처음 접했다. 작업하는 내내 좋은 책은 이런 책이라는 느낌을 받았다. 책이 독자에게 해 줄 수 있는 일을 기준으로 생각해 보면, 이 책은 분명 좋은 책이다. 누가 좋은 친구이고, 나쁜 친구인지에 대한 뻔한 이야기를 한 책이 아니라 독자 스스로 생각할 이유를 남겨 놓았다는 의미에서 그렇다.

많은 사람들이 평생 함께할 친구를 청소년기에 만난다. 독자들에게 깊은 이해를 받을 거라고 기대되는 이 책이 우리나라 독자의 책꽂이 한쪽에 꽂힐 수 있게 되어 기쁘다. 부디 이 책의 주인공 디지에게도 더 많은 청소년 친구들이 생기기를 기대해 본다.

2009년 새봄에 유혜자

나쁜 친구

미레일러 회스 글 • 유혜자 옮김

1판 1쇄 인쇄 2009년 3월 23일
1판 2쇄 발행 2011년 11월 11일

발행인 서경석 | 편집 서지혜 | 마케팅 서기원 · 소재범

발행처 청어람주니어 | 출판등록 제313-2009-68호
경기도 부천시 원미구 심곡2동 163-2 서경빌딩 3층
전화 032-656-4452 | 전송 032-656-4453
junior@chungeoram.com

ISBN 978-89-251-1740-9 43890